ぐるりよざ戦国の聖歌

神 武夫
JIN Takeo

文芸社

O gloriosa Domina（栄光の聖母よ）

o glo - ri - o - sa Do - mi - na ex - cel - sa su - per si - de - ra qui te cre-
11
a - vit pro - vi - de La - cta - sti sa - cro u - be - re

輝ける聖母よ

星空越えてはるかに居ます御母よ
汝を造られた方を御旨により
清き乳房もて育くまれた　（加藤武訳）

目次

「ぐるりよざ　戦国の聖歌」

プロローグ

この物語は、一五〇〇年代半ばの山口が舞台である。周防国主大内義隆《おおうちよしたか》は、出雲の尼子晴久との戦に明け暮れていた。一五四二年（天文十一年）武断派の重臣陶隆房《すえたかふさ》の主導で大軍を率い、月山富田城を攻めたが、一年余りの戦いで敗北した。国人衆の離反が大きな原因だが、敗走中養子嗣の晴持を失い、そのまま戦意喪失し、再び尼子に挑むことはなかった。以後政務を文治派の相良武任《さがらたけとう》に任せ、隆房ら武断派を政務の中枢から遠ざけた。山口市中には、隆房ら武断派が謀叛を起こすであろうとの噂が、真実のものとして流布していた。そんな中、天竺から来たという異形の僧が、辻説法を始めていた。

琵琶法師

一五五一年（天文二十年）晩春の山口。桜はすでに散り、道端には今が盛りのツツジが咲いている。高札場〈i〉として人が集まる札の辻で、説経節〈ii〉「小栗《おぐり》判官《はんがん》〈iii〉」を語っていた琵琶法師了斎《りょうさい》は、聞き手は十人前後と読んでいた。その内、布施をくれるのは三、四人か。陽は西に傾きかけている。

閻魔大王により、地獄から蘇った小栗だったが、見るも無惨な「かたわ者」に成り果てていた。藤沢の上人、明堂聖《めいどうひじり》に預けられた小栗は、「一引き引かば、千僧供養、二引き引かば、万僧供養」と書かれた胸札を首から下げられ、土車に乗せられる。

これより、熊野本宮湯の峰へ向かって、引かれて行く。その時の「えいさらえい」という掛け声が場を盛り上げる掛け声ともなる。その佳境に入ろうとしていた。

しかし、なぜか、少しずつ人が去って行く。己れの語りよりも面白いものがあると見える。これまでの流浪の人生でこうしたことはなかったことではないが、それは自分の芸が未熟だったからだと心得ている。

だが今は、多少なりとも自分の芸に自信を持っている。六歳で盲僧の寺へ入り、すでに十九年。琵琶を背に、生まれ故郷の肥前白石を十歳で発ち、師匠について九州各地を回った。独り立ちをしたのは十五の歳。寺の跡取りでもないので檀家など持てるわけもなく、盲人の組織、当道座にも属さず、いわば流浪の旅芸人として生きて来た。

田舎ではもっぱら門付けだが、それでは実入りが少ない。やはり人の多い鹿児島、豊後の府内（大分）、博多と巡り、辻立ちで稼いで来た。なにより、大勢を前に、自分の語りで泣いたり、笑ったり、怒ったりする聴衆の反応が好きだった。一種の麻薬のようなものと言えようか。

めったにないことだが、最も実入りがいいのは、大身の武家に呼ばれ、その邸で「平家」を語ることだ。何年か前の正月、相良という大内家重臣の邸で語ったことがある。その時所望されたのは「壇ノ浦」だった。めでたい正月に滅びの場面をといぶかしんだが、相良殿本人はいたく感動されたらしく、少なからぬ銅貨をいただいた。

了斎は琵琶を弾く手を止めた。すると、

「座頭さん、やめないでよ」

という子供の声がした。

「お前さん、われの語りがわかるのか」

了斎は、この山口の町に何ヵ所か辻立ちをする場所を決めている。そこを毎日順番に回って、同じ語りを半時ばかり語る。ちょうど切りのいいところでやめ、続きは次の日にやる。こうして、聞き手がまた集まるようにしているのだ。

ここ何日か、自分の後を付いて来る者がいるのに気づいていた。歩幅から、子供だなと思った。「やめないで」と言ったのは、その者に違いない。

「この後も、われに付いて来るつもりか。説経節など聞いてもつまらんじゃろう」

「そんなことないよ。何度聞いても飽きないよ。『えいさらえい』と引かれて、いったいこれから先どうなるのか、楽しみなんだ」

「変なわらべじゃ」

「おいら、真似出来るよ」

そう言って子供は、先ほどまで了斎が語っていた一節を声に出した。

「相模暇《なわて》を引く折は、横山家中の殿原は、敵小栗をえ知らいで、照手のために引けやとて、因果の車にすがりつき、五町ぎりこそ引かれける。末をいずくと問いければ、九日峠はこれかとよ。坂はなけれど酒匂《さかは》の宿よ、おいその森をえいさらえいと引き過ぎて、はや、小田原に入りぬれば、狭い小路にけはの橋、湯本の地蔵と伏し拝み、足柄、箱根はこれかとよ……」

声の出し方も節回しも、勿論拙いものであったが、台詞は間違えてはいない。ずっと続けそうだったので、了斎は途中で遮って聞いた。

「お前さん、年は幾つだ」

「六つ」

思えば、自分も幼い頃、決まった日家に来る盲僧の語りをそれとなく覚え、真似していた。琵琶弾きを生涯の仕事と思い定めたのは、それが第一の理由だった。

「おいら座頭さんのようになりたい」

「おやおや、琵琶弾きになりたいのか」

「でも、これは親には内緒なんだ」

「当たり前じゃ。付いて歩くだけでも、見つかったら叱られるじゃろう。思うに、お前さんは晴眼者《せいがんしゃ》だ。こんな賤しい仕事をしなくても、働き口はいくらでもあるだろう。それよりも、これは盲目の者の生業で、晴眼者が仕事を奪うことは許されぬ。悪いことは言わぬ。すぐに家へ帰るがよい」

了斎は子供にそう諭したが、ぐずぐずしている。

「座頭さん、どうしてみんないなくなったか、知りたくないかい」

「わけを知っているのか」

自分より面白い語りをする同業者が現れたのか、と思った。

しかし、ここ山口で世話になっている盲人宿で、そのような者がいたか心覚えがない。入れ替わりがあるとはいえ、各人はそれぞれ鉢合わせすることのないよう、辻立ちをする場所を違えている。

子供は了斎の耳元に立った。

「天竺から来た南蛮の坊さんが辻説法してるんだと思う。何やら新しい教えだそうで、町の人が取り囲んで、その話を聞いてるよ」

了斎も、宿の仲間から南蛮の僧の噂は聞いていた。その教えは、仏教や神道を迷信だとして否定するものだという。神仏のご利益や縁起を語るのが説経節の真髄であり、要だ。それを、迷信、まやかしと言われてはたまらない。これまで辻で鉢合わせしたことはなかったが、近くにいるなら出向いて行って、本当のことを直接聞いてみたいものだと思った。

「ほう、南蛮の坊さん、とな」

「頭の毛は焦げ茶色で、天狗のような鼻、髭を生やし、目は鳶色だそう」

「お前さん、まだ見てないのか」

「うん、なんだか恐ろしそうで」

自分の芸より面白い説教をするのだろうか。

「わらべや、その場所を聞いているか」

「大殿小路《おおとのこうじ》の井戸、って言ってたよ」

そこなら自分も立ったことがある。

了斎は琵琶を背に回し、子供を置いて歩き出した。瑠璃光寺へつながる堅小路《かたこうじ》を北に向かい、大内御殿の手前で右に折れる。

盲目と言いながら、彼の片方の目はぼんやりと物の形が見える。それが彼に目明きとあまり変わらぬ行動力を与えている。目印となる木や建物、音や匂い、足の裏や杖の先の感触、それらを覚えてしまえば、杖をつかなくとも歩ける。何よりも、現代と違い、鉄道や車、バイクも自転車もない。危ないのは追剥や疾駆する馬くらいのもの。知らぬ者が見れば、本当に盲人なのか疑うだろう。

了斎の頭の中には山口の地図（いわば立体地図）が入っており、その驚異的な記憶力から、一度行った場所にはほとんど迷わずに行ける。これまで歩いて来た九州各地の地図も入っているほどである。

南蛮の僧

現代の時間にして、歩いて二十分余りか。御殿を過ぎた先にその井戸はあった。十四、五人ほどの男女が集まっている。

なにやら言い争うような声が聞こえる。

「仏や地蔵を拝むのは迷信だと言うのか」

「それはただの木や石ころです」

少しぎこちない日本語で答える者がいる。

「木や石ころは、あなた方の魂を救うことは出来ません。なぜなら、木や石ころはただの物質であって、それらを造られた方こそ、真《まこと》の神だからです」

「木や石ころを造った者がいるとはどういうことだ」

そこに集まった人々が、口々にそれに同調するように声を出し、あたりは騒然とした。

了斎はぎこちない言葉の主に思いを向けていた。

「木や石ころだけではありません。この世の全てを造った方がおられるのです」

「そいつの名は何と言う」

「デウス。デウスです」

「なら、そいつを呼んできてみろ」

「デウスは目には見えず、人知を超えたお方です」

「話にならん。お前の言うことこそ、迷信ではないのか。姿の見えないものをどうやって信じろと言うのだ」

ぎこちない言葉の主は、口ごもってしまった。それを機に、注文をつけた男はその場を立ち去りかけた。何人かその後に続く。

立って話していた男の姿は、痩せた鶴のように見える。その傍に大柄な男が立っている。彼は広げた書付を両手で持ち、それを先ほどまで読み上げていたようだ。了斎はその男に、何かわからないが大きな気を感じた。

と、その時、

「お待ち下さい」

鶴が呼び止めた。歩き始めた男は足を止め、振り返った。

「あなたは、見えないものは信じない、と、そうおっしゃりたいのですか」

「ああ、それが何か」

「ならば、あなたに試していただきたいことがあります」

「試す、だと」

「簡単なことです。両手で鼻と口を塞いでいただきたい」

「馬鹿な。それは、俺に死ねということか」

「息を止めれば誰でもそうなります。では、あなたを生かしているもの、空気は目に見えますか」

男は言葉に詰まった。

「空気は、見えないがあり、あなた方、そして私を生かしている。デウスもまた、空気のようなもの。見えないが、私たちを生かしてくれています」

男は何か言いかけたが、フンと鼻を鳴らすとその場を立ち去った。何人かが後に続いたが、六、七人の聴衆がその場に残った。

了斎は二人に近づき、話しかけた。

「私は一介の琵琶弾き、了斎と申します。先ほどの話で解せないことがあります。仏や地蔵を拝むのは迷信である——そのことについて、お話をもっと伺いたい」

「わかりました」

大柄な男を横に鶴が答える。

「私はフェルナンデス、そしてこちらがザビエルと言います。彼は日本語があまり話せないので、私から説明いたしましょう」

ふぇるなんです、に、ざびえる。南蛮人の名は風変わりなものだと了斎は思った。

聴衆は周りで静かに聞き入っている。

「あなた方のでうすと、迷信とおっしゃった私どもの神仏とはどこがどう違うのか。まずそれを知りたい」

「あなたは——」

と、フェルナンデスが切り出した。

「この世界の成り立ちをどう考えますか」

「成り立ち……」

「私たちが立っているこの大地、太陽、月、星、動物、植物、これらは、どのようにして出来たのでしょうか」

「私は、成るように成った、と師から聞かされました。あなたの質問と同じことをぶつけてみたのです」

「成るように成った、と」

「そうです。天を父とし、地を母として」

「ならば、あなた自身、成るように成ったのですか。あなたを作ったのは両親ではないですか。また、たとえば、あなたが着ている衣は、成るように成ったのですか」

「いや、これは誰かが糸を紡ぎ、織ったもの」

「作り手がいるということですね」

了斎は、フェルナンデスの問いかけに、何かが弾《はじ》けたような衝撃を覚えた。聴衆の中にも、「おお」と頷く者がいた。言われてみれば当たり前のことであるが、それまで考えもしなかった。もやもやしていたものが、一気に晴れる思いだった。盲目の自分に光が差した。そんな気がした。彼は両目のまぶたを目一杯開き、おぼろなフェルナンデスを見つめた。

「この世の全てには作り手がいる。そうでなければ、何物も存在しない。そういうことでしょうか」

「その通りです」とフェルナンデス。

「私たちは、その作り手をデウスと呼んでいますが、それは、私たちが勝手にそう呼んでいるとも言えるでしょう。とにかく名がなければ、説明出来ませんから」

「そのデウス様は、どちらにおいでなのでしょうか」

聴衆の一人が訊ねた。

「どこにいるのか。それは天の彼方のどこか、としか言えません。見ることも出来ません。先ほどの人のように、だったら、そんな者はいないと言う人がいます。しかし、たとえば、この方は背中に楽器を担いでいる。その楽器を作った人を私は知りませんし、会ったこともありません。それでも、ここに楽器がある以上、どこかに作った人がいるわけです。同じように、この世の全てのものは、作り手がいなければ、ないわけです。私たちがデウスと呼ぶ、この世界の造り主こそ、神として崇めるに足る、唯一の存在です」

「ということは、私たちが拝んでいる神や仏も、デウスが……」

「そうです。この国の人は、デウスではなく、デウスが造られたものを拝んでいるのです。動物や樹木、山や滝など自然の造形物、そして、ちっぽけな虫一匹造れず、迷い多く、有限の命の人間まで神にしてしまう。釈迦もまた、デウスが造られた人間です」

「造られたものより、造り主の方が偉い。そういうことですね」

その時、

「いるまん」

という声がして一人の男が近づいて来た。そして、なにやら聞いたことのない言葉が聞こえた。

了斎の耳には、

「あかびーしゅざるかーざ」と聞こえた。

それにフェルナンデスが返した。

「まてうす、べんびんじゅでぼぅた」

フェルナンデスは、聴衆に向かって言った。

「今日はこれでお仕舞いにします。明日からは、大道寺で説教しますので、ぜひお出で下さい」

その声を機に、聴衆は一人二人と去り、了斎だけが残った。

いるまん？　まてうす？　風変わりな名をまた聞く。フェルナンデスは、いるまん、とも言うのか。

「実はこれから、私どもがお世話になっている邸で食事会があります。そこでご一緒に食べながら、また、その後も語り合いましょう」

フェルナンデスが言った。

「それはありがたいが……。私は非人で、しかも部外者。相伴にあずかってもよろしいのですか」

「勿論です」

「一つ伺いたいが、邸の主のお名前は」

「内田トメ様です。山口で最初に信者になられた方です」

答えたのはまてうすだ。発声がなめらかなので、日本人のようだ。

「うちだ、とめ、と……」

女人か？

まてうすは続ける。

「私たちの教義を信じる者は、デウスに遣わされたこの世の救い主、ゼス・キリシトの名により、キリシタンと言います。入信すると、霊名、あるいは教名と申して、聖人や天人の名を授かります。マテウスもそうですし、トメもそうです。ちなみにトメ様の奥様はマリア、ご子息はシモンと言います。そしてそこにおられるザビエル様。教名をフランシスコ、フェルナンデス様はジョアンとおっしゃいます。ザビエル様は私が尊敬し、仕えるパアテレ、です」と、マテウス。

「ぱあてれ？」

「日本語での言い換えがまだなのですが、仏教で言うと僧正に当たるかなと思います。そして、こちらのフェルナンデス様は、イルマンと申して、権僧正でしょうか。もっとも、私、仏教について詳しくないので、当たっている自信はありません」

いるまんというのは名ではなく、位階であったか。

「イルマン」

了斎の横に立ったマテウスが言った。

「食事会の用意がありますので、私は先にまいります」

「マテウス殿」

了斎が声をかけた。

「内田様のお邸は、どこにおありでしょうか」

「中市町ですが」

「それなら、私の宿への通り道」

了斎は、フェルナンデスに顔を向けて言った。

「私は、この機会にあなた様方と納得がいくまで話をしたい。厚かましいお願いかもしれませんが」

フェルナンデスは笑みを浮かべていた。

「私の方は一向にかまいません」

「内田様には、私の方から話を通しておきます」とマテウス。

「嬉しゅうございます。それでは私、いったん宿に戻り、手荷物を持って出直します」

「ではマテウス」とフェルナンデス。

「このお方を案内して差し上げて下さい」

マテウスは、了斎の杖に手を伸ばそうとしたが、了斎はそれを遮った。

「私なら大丈夫です。山口の町筋は頭の中に入っていますから、杖に頼らなくても自在に歩けるのです」

二人はフェルナンデスたちを後に、並んで歩き出した。

ゼス・キリシト

「了斎さん」

大小の建物が並ぶ大内御殿を右の塀越しに見ながら、マテウスが語りかけた。声の質から、自分と同世代か、ちょっと下かと思われた。

「なぜ私の名を」

「この町で、あなたの名を知らない者などいないでしょう」

了斎は苦笑したが、マテウスは続けた。

「了斎さん、あなたは、この世界をどのようにお考えですか」

「この世界、というと……」

「あのお二人から学んだのですが、私たちが立っているこの大地、これは球体だそうです」

「球体？」

「ええ、平面ではなく、丸いのです」

なぜこの人はいきなり突拍子もないことを言い出すのか。

「どう考えても、私には平面としか思えませんが」

「それは、その球体があまりに大きいからです。一周が一万里と聞きました」

「どうしてそう言えるんですか」

「船で、実際に一周した人がいるからです。この世界を平面とすれば、どこまで進んでもどこへ行き着くかわかりません。しかし、球体ならば、どんなに時間がかかっても、真っ直ぐ進んで行けば、元の位置に戻れます。マゼランという、ポルトガル国の人が、それを証明してみせました。三十年くらい前のことらしいです」

「そういえば」

と了斎は何かに気づいたように言った。

「太陽も月も丸いですね。私にはもう、しかと見ることは出来ないのですが」

「たぶん、月や太陽の側からこの大地を見れば、丸く見えるのではないでしょうか。実際、この大地を模型にしたものがあるそうです」

「ところで」と了斎。

「あなたとあのお二人との関係はどのようなものなのですか」

わずかの間の後、マテウスは言った。

「使い走りの弟子、でしょうか。すでにお気づきかと思いますが、パアテレはこの国の言葉を話せず、たぶん聞いてもよくおわかりになっていない。その教えはほとんどイルマンを通じて人々に話されています」

「ザビエル様は、手に何か書付のようなものを持っていましたね」

「あそこには、ローマ字と申すかの国の文字で、日本語の教義が書かれています。パアテレがそれを一ヵ条ずつ読みあげ、イルマンが説明しています」

「先ほどの説法で、迷信がどうのと一方的に責め立てる者がいましたが」

「その答えははっきりしているのです。ただ、困ったことなのですが、寺社方の人たちの聞く耳持たない態度があります。彼らが説法に割って入ると、ちゃんと話を聞きたいと思っている人たちが離れてしまいます。たぶんそれが狙いだと思います」

「それが先ほどのやり取りだったのですね。フェルナンデス様は、聴衆や私に丁寧に説明して下さいましたが」

「はい、普通はそれで聞き入る人々がたくさんおります。寺社方の人たちは檀家や氏子からの布施や喜捨で暮らしを立てていますから、それを奪われるのを恐れているのです」

「だったら、まともに宗論を交わしてみればいいのでは」

「彼らは、宗論では勝てないことがわかっているのだと思います」

さもありなんと了斎は思った。

「そうなんでしょうね。私もフェルナンデス様の話の方が正論だと思いました」

「寺社方ばかりではなく、こんなこともあります。私たちが通りを歩いていると、後から集団で付いてきて、嘲りの笑いを投げかけるのです。『俺たちが救われるためには、唯一の造物主を拝まなければならんのだとよ』とか、『男は、たった一人の女としか夫婦になれないんだとよ』とか、『乱倫、子殺しは罪悪だとよ』とかの類です。イルマンは、後ろから追い抜かれざま、顔に唾を吐きかけられたことがあります」

「なんと。して、フェルナンデス様はいかように」

「何事もなかったかのように、平然と手巾《しゅきん》でお顔を拭っておられました」

二人は堅小路を歩いていた。

「あなたは、あのお二人から私の知らない世界のことを山ほど聞いておられるのでしょう。ご迷惑かと思うが、その山の中から何でもいいから話してもらえますかな」

「勿論です」

「そもそも、あのお二人は、布教のためとはいえ、言葉もわからないこの国へ、いったいどこからやって来たのですか」

「マゼランと同じポルトガルから来たそうです。実は、あのお二人の他にもう一人、トルレス様というパアテレがご一緒で、今、肥前の平戸におられます。その国の港リスボンからは、何でも二百人は乗れる大船で、この国まで片道四、五年はかかるということです」

「さても難儀なことよ」

「それから、かの国々では、私たちとは使う暦《こよみ》が違います」

「というのは」

「日本の暦は、月の満ち欠けを元に作られていますが、向こうでは太陽の運行を元に作られています。これはおおよそですが、一ヵ月ほどのずれがあり、向こうの暦が早いです。それと、暦年の数え方ですが、ゼス・キリシトご生誕の年を一年とし、今年は一五五一年となります。また、デウスがこの世界を造られた日数にちなみ、七日間を週とし、その期間を一週間とします。週の一日目は月曜日、続いて火曜日、水曜日、木曜日、金曜日、土曜日、週の最終日は日曜日で安息日と称し、仕事を休み、エケレジアで主に祈りを捧げます。一と月はおよそ、四週か五週……」

「えけれじあ、とは」

「仏教のお寺みたいなものでしょうか。信者が集い、祈ったり、説教を聞いたりする建物のことです。残念ながら、山口にはまだありません」

その時、了斎は、思い出したことがあった。

「あなたがどこからか現れた時、呪文のような言葉でフェルナンデス様とやり取りなさっていたが……」

「ああ、あれは、ポルトガル国の言葉です。『只今帰りました』と私が言ったのに、

『お帰り』とイルマンが答えたのです。まだ挨拶程度しか話せませんが、もっと話せるようになりたいと思っています」

先ほどの札の辻に戻り、右に曲がる。賑やかな売り声が聞こえてくる。

「ところで、これから始まる食事会とやらは、信者の方々の会ではありませんか」

「表向きはそうですが、誰が参加してもかまいません。尻込みなさる必要はありません。実は、牛の肉を焼いて食べようという会なのです」

「牛？」

「ええ。今朝方、ある信者から、知り合いの百姓の家で年老いた牛が死んだという文が内田様宛に届きました。そこに、めったにないことなので、この機会に肉を皆で食したらどうかと書いてあったのです。内田様が良しとすれば夕刻までに肉を届けさせる、と。相談を受けたイルマンは、『ある事情から私とパアテレは食せないが、やってみる価値はある』と言います。私自身は気が進まなかったのですが、内田様と奥様は大いに気が乗り、返書を私に託すとともに、信者たちに触れ回るよう仰せになりました。それでつい先ほどまで名簿を片手に町中を走り回っておりました」

「では、かなり大勢の方々が……」

「いえ、キリシタンと言いましても、色々な人がおります。ほとんどの人に断られました。おそらく、来るのは多くて十人いるかいないか。ちなみに、女人は全員駄目でした」

「私はこれでも僧の端くれ。生臭物は、ちょっと……」

「差し支えがあれば、別に食さなくてもかまいません。強制ではないので」

「では、見ているだけに致しましょう」

「そうおっしゃらずに、薬だと思って食べてみては」

二人が進む中市町の一画に内田邸はあった。これまで了斎は、その前を通り過ぎていただけで、印象には残っていなかった。商店ではないが、武家でもない。何か、大きな商いをしている人が住んでいるのか、と感じた程度である。

「この先の新町のはずれに私の宿があります。頭陀袋《ずだぶくろ》を受け取ってまたここへ戻って来ます」

邸の前で二人は別れた。

肉食会

間口はそれほどではないが、入ってみると内田邸は奥行きが長い。土間が先まで続いている。暗がりが続く先に灯りが見える。左側が住居になっており、右側は物置などに使われている棚や納戸のようだ。突き当たりはたぶん蔵だろうと了斎は思った。

灯りの中に何人か動く影が見える。どうやらそこが台所のようだ。熱気と湿気がこもり、様々な食材が長年調理されてきた、その匂いがあたりに染みついている。

挨拶をしようと、そこへ了斎が足を踏み入れた時、女主人らしき人のやや低い声が響いてきた。年の頃は四十前後か。

「暇を下さいとは、どういうこと」

その声に、一瞬あたりは静まったが、すぐに一人の老女が答えた。その声色から六十代か。暇をくれと言ったその本人のようだ。その後ろには三人の下女らしき者がぼんやり見える。

「牛の肉など、触りとうござりませぬ」

「穢らわしいと申すのか」

「さようです」と老女。

「キリシタンになる前の奥様なら、私と同じことをおっしゃったでしょうに。すっかり変わられました」

「確かに、私は変わった。その変わった私が聞くのだが、魚は穢らわしくないのか」

「はい」

「牛肉は穢らわしくて、魚は穢らわしくない。それは、どういう理屈なのじゃろう」

「それは……」

老女は口ごもった。

「同じ肉でも、鶏は好んでいるではないか」

女主人は笑っていた。

「鶏は自分で絞めますが、牛には非人の手が入っております」

「それゆえ、穢れていると」

考えてみれば、自分も非人の仲間。ここから追い出されても文句は言えないと了斎は思った。

女主人は続けた。

「この世の全てを造られたデウス様の前では、非人も何もない。皆、平等です。およそ、我らが口にする食物は、全てデウス様がお与え下さったもの。そこには、清い食物、穢れた食物などという区別はない。この牛の肉もまた、デウス様が我らに下された恵みです。その恵みを、穢れているなどとどうして言えましょうや。我らがすることはただ一つ。デウス様に感謝して皆で分かち合い、食することです」

老女は黙ったままだ。

「良い。いやなら他の料理を作れば良い。牛は私がさばく。といっても、薄く切るだけだが」

「申しわけございませぬ」

「暇をくれなどと、二度と言ってはならぬ。私は、そなたたちなしには、台所に立てぬゆえ」

老女は床に座し、平伏した。

「そなたは、夕食の汁や付け合わせを仕切るが良い」

「かしこまりました」

老女は、下女三人に、献立と手順を指図した。


土間を挟んで右手が台所、左手が十二畳ほどの板敷の広間になっている。足を洗った後、マテウスの案内で上がり込んだ。真ん中に炉が切ってあり、炭火の上に五徳が置かれている。すでに五人ばかりの会衆が炉の周りに座っていた。上座には誰もいない。ザビエルとフェルナンデスはどうしているのか。この家の主人も姿を見せない。了斎は荷と琵琶を下ろし、上がり框《かまち》に腰を下ろした。

「これは」

とその時、会衆の一人が了斎に声をかけた。

「法師殿、あなたもキリシタンになられたのか」

「いや……」

「あなたの語りは面白い。いや、語りだけではない、何よりもその合間に話される話が面白い。キリシタンになったとあれば、我らの教えをわかりやすく語ってもらえると思うが」

了斎はその声の主に答えた。

「実は、私、今日初めてザビエル様、フェルナンデス様に見《まみ》えました。以前から噂には聞いていましたが、お会いしたのは初めてで。その教えを詳しくお聞きしたいとまいった次第で……」

その時、マテウスが平たい鉄鍋を持って来て、五徳の上に置いた。

女主人が自ら牛肉がのった大皿を手に入ってきた。それを静かに板張りの床に置き、言った。

「今日、私たちにこの糧を与えて下された主に感謝の祈りを捧げましょう」

その声に会衆は立ち上がり、まず右手を額にあて、「イン、ナウミネ、パアチリス」、その手を次に胸にあて「エツ、ヒイリィ」、次に左の肩にあて「エツ、スピリツス」、次に右の肩にあてて「サンチ」、最後に両手を組んで「アーメン」と唱えた。

了斎には勿論その所作はおぼろにしか見えず、座ったまま呪文のような祈りの言葉を聞いているしかなかった。

「そういえば……」

皆が腰を下ろしてすぐ、一人が口を開いた。

「この会を呼びかけたアゴスチノが来ていないが」

「私が人づてに聞いた話ですが」

女主人が言う。

「なんでもお上《かみ》さんにしつこく反対されたそうです」

会衆は皆吹き出した。

女主人は菜箸で一枚ずつ肉を取り、焼けた鉄鍋の中に並べていった。

じゅうじゅうと焼ける音とともに、了斎の鼻に入ってきたのは、どこか甘く、香ばしい食欲をくすぐる匂いだった。

その時、隣に座ったマテウスが少し困ったような口調で言った。

「私は、この匂いが苦手です」

「穢れる、と」

「いえ、それはないのですが……。単に好みの問題だと思います」

了斎は、初めて嗅ぐ匂いに穢れも何もない、うまそうだとしか思わなかった。

空腹のせいもあるのだろう。

最初のうち、女主人が焼けた肉をそれぞれの皿に取り分けていたが、そのうち、男たちは待ちきれなくなったとみえ、自分の箸を鍋に突っ込み始めた。

「肉はまだたっぷりありますから、どんどん食べて下さい」

汗だくになった女主人が叫ぶように言った。

「うまい。牛肉がこんなにうまいものとは」

会衆から驚きの声が上がる。

「マリアも食べて下さい」

会衆の一人が促した。

「こんなうまいものがこの世にあったのかと思いますよ」

マリアと呼ばれた女主人が箸を伸ばし、肉を口に入れた。

「まあ、本当に。寿命が延びるようだわ」

会衆から、一斉に笑い声が起こった。

「了斎さんも遠慮なさらず食べて下さい。これは薬です」

マテウスが肉の入った皿と箸を了斎の手に載せた。

熱く焼けた肉を、ふうふういいながら口に入れた了斎はうなった。

「確かに、このうまさは尋常ではない」

獣肉を食うのは穢れだと、いったい誰が言ったのか。ほどよい塩味と甘い脂が混然とし、生まれて初めてと言っていい美味に酔った。


肉に箸を伸ばす手がまばらになった時、下女三人が盆に白湯《さゆ》の入った茶碗を載せ、会衆に配った。了斎も熱い茶碗をいただいた。

その時、奥の方から、一人の坊主頭の男を先頭に、フェルナンデスとザビエルが入って来た。

「牛肉の味はどうでしたか」

上座に座ったザビエルの横で、フェルナンデスが言った。

「大変おいしゅうございました」

マリアが答える。

「お二人は肉を召し上がらないのですか」

会衆の一人が言った。

「はい、わけあって肉と魚をひかえています」

「それは何ゆえ」と別の一人。

「先ほどマリアは食物に清いとか穢れているとかはない、と言いました。私たちもそれを信じます。なのに、肉と魚をひかえるとはどういうことでしょうか。すでに牛肉を口にした私たちは罪人《つみびと》なのでしょうか」

フェルナンデスは、その会衆の発言をポルトガル語でザビエルに伝え、ザビエルの答えを日本語で返した。

「いいえ、そうではありません。肉食を否定しているのではなく、ある事情から、当面ひかえているだけなのです」

ザビエルは話を続け、フェルナンデスが逐次言い換えていく。ザビエルの声は野太いが、響きは柔らかく、心地よい。日本人の男で、このような声で話す者に出会った記憶は了斎にはなかった。いつまでも聞いていたいような声色であった。たとえ意味がわからなくても、何かありがたいことを話していると誰もが実感できる、そう思える声であった。

「パアテレは、こう申しています。これは私と、平戸にいるトルレス、そしてフェルナンデスの問題です、と。私たちは、一昨年の八月十五日、鹿児島に上陸しました。その地を治めていたのは、島津貴久殿。彼は、同族同士の争いに心安まる間がなかったにもかかわらず、私たちに好意的であり、布教に寛容でした。しかし、ある時からよそよそしくなられ、対面することもかなわなくなりました。どうやら、有力な仏僧たちが噂を流し、それが貴久殿の耳に入ったらしいのです」

「その噂とは？」

会衆が口々に問う。

「いくつかありますが、大きなものでは、領民が皆改宗すると、神社仏閣が所有する土地、山林を全て失い、領主への領民の尊敬もまた失うであろうと。そしてあまりにばかばかしいことですが、私たちが人肉を食らい、その血を飲む、というのもありました。確かに獣肉を食したことはあり、ミイサでは葡萄酒も口にします。私たちにとっては当たり前のことでも、その地では忌み嫌われたのです。私たちは、まるで野蛮人のように思われたようです」

そこまでフェルナンデスが訳す間、ザビエルは白湯を口に含んだ。そして、何事かつぶやいた。フェルナンデスが続ける。

「この国の水はうまい。ここにたどり着くまで、何年も先々で水を飲んできましたが、この国の水にまさるものはなかった」

ザビエルは茶碗の白湯を飲み干して続ける。

「いったんそう思われてしまうと、私たちの語ることに耳を傾ける人々も少なくなりました」

「わかり申した」

会衆の一人が言った。しわがれた声の質から、六十代かと了斎は思った。

「パアテレ、イルマンに代わり、私どもが肉を食らいます。主から与えられた恵み、というより、うまいから食う」

おう、そうじゃそうじゃ。会衆はその声に笑いながら応じた。

信太妻《しのだづま》

残った牛肉は竹皮で包まれ、会衆に配られた。

「味噌や酒粕、ぬかに漬けてもいいかもしれません。次にこのような会が持てる時があったら、奥様ともどもぜひご家族で来て下さいね」

マリアはそう声をかけて、会衆を見送った。

炉の周囲には、ザビエル、フェルナンデス、坊主頭の男、マテウス、そして了斎（彼もまた坊主頭だが）が残った。

マリアは下女たちに交じり、後片付けをしている。

了斎は、四人から少し離れて座していた。

聞いてみたいことは色々ある。いったい、何から切り出そうか。非人の自分の言うことなど、聞いてもらえるのだろうか。だが大殿小路の井戸ですでにやり取りをしている。杞憂に過ぎないと確信した。

前掛けで手を拭きながら、マリアが広間へ上がり、了斎の傍に座った。ふわっと、かすかな香の匂いが了斎の鼻に入って来た。

「法師殿」

とマリア。

「あなたの噂は下女たちから聞いていました。私もあなたの語りを聞いてみたいものだと思っておりました。そうしましたら、あなたの方からやって来た。牛肉の準備やら何やらバタバタして、上ずった気持ちのままで今もおります」

「牛肉をご馳走になった上に、そのようなお言葉をかけていただき、冥利に尽きます」

了斎は平伏した。

「私にはお返しするものが何もないので、お礼に、奥様のおっしゃるまま語ります。この場でお差し支えなければ何なりと」

この成り行きを、フェルナンデスがザビエルに伝える。

マリアが言う。

「パアテレ。お耳にかなうかどうかわかりませんが、この法師殿に語りの一節を所望してもよろしいでしょうか」

　ザビエルの答えをフェルナンデスが言う。

「ぜひお聞きしたい。鹿児島から平戸へ向かう途中、道端で語る盲目の僧を見てきました。私の耳にはうなり声にしか聞こえない。それに、リウト〈iv〉に似た楽器の音も耳ざわりな雑音にしか聞こえない。それなのに、聞きに集まった人々は、泣き、笑い、怒り、そして喜びの声を上げていました。ポルトガルの隣国イスパニアにも、街頭でビウエラ〈v〉を弾き、歌う者がいます。ただし盲目ではありませんが」

　びうえら？　琵琶と音が似ている。りうと、とは琵琶のようなものか。

「承知しました」

　了斎は琵琶をかまえ、調弦した後マリアに言った。

「おおせのままに」

「では、信太妻《しのだづま》の『子別れ』の場を」

　了斎は、おもむろにバチで弦を弾きおろした。了斎には見えていなかったが、台所で下女たちも立ったままその語りを聞いていた。

およその時の了斎の語りは再現出来ないが、今に残る古浄瑠璃を代替することで、その片鱗を味わうことは出来る。

――さればにや女房、世の常の人ならず、信太の、野干《やかん》（狐）なりしが、保名に命助けられ、その報恩のため、人界《にんがい》に交わり、はや七年《ななとせ》になりにける。頃しも今は、秋の風、梟、松桂の、枝に鳴きつれ、狐、蘭菊の花に、隠れ住むとは、古人の伝えしごとく、この女房、庭前なる、籬《まがき》の菊に、心を寄せしが、咲き乱れたる、色香に賞《め》でて、ながめ入り、仮の姿をうち忘れ、あらぬ形と、変じつつ、しばし時をぞ移しける。

折ふし、童子〈vi〉は、うたた寝していたりしが、目を覚まし、母の後ろに来たりしが、顔ばせを見るよりも、「やれ恐ろしや」と、おめき叫んで嘆きける。

母、はっと思いしが、さあらぬ体にて、「やれなにを、さように、恐れ嘆くぞ」。童子はさらに近づかず、「のう母上の、御顔ばせの、変わらせ給いて、恐ろしや」と、嘆くところへ、乳母《めのと》来たり、「なにとて、御機嫌、悪しく候」。

母、さらぬ体《てい》にて、「いやつやつや、寝入りてありつるが、目を覚まし、騒がしく駆け出るゆえ、母が方へ来たれと言えば、かえって、母が恐ろしきとて、あらぬことのみ申すなり。それそれすかしてたべ」とのたまえば乳母承り、やがて若を抱き、奥の出居《てい》（座敷）へぞ入りにける。

さて母上は、くどきごとこそあわれなり。「われはもとより、仇し野の、草場に影を、隠す身の、人の情けの、深きゆえ、幾年月を、送りしが、いかなれば、あさましや、色香妙なる、花ゆえに、心を寄せて、水鏡、うつる姿を、嬰児《みどりご》に、見とがめられしは、何事ぞや。これぞ縁の尽きばなり。あの体ならば、父上にも語るべし。せめて、あの子が十歳になるまで、見育てたく思えども、力及ばぬ次第なり。本《もと》の棲処《すみか》へ帰るべし。ああさてかなわぬ、うき世や」と、しばし涙を流しける。

さるにても、夫の保名、帰らせ給うを待ち受け、よそながらなりとも、暇乞いとは存ずれど、いやいや、ただ御留守に立ち去り、跡を見せぬにしくはなしと、思い立つこそあわれなれ。ところへ、乳母、若君を抱き、「御休みなされ候」と、申し上ぐる。母上、「それ、こなたへ」と、抱き取り、「ああ不憫や」。同じ、褥《しとね》に、寄り伏して、にゅうみ（乳）を参らせ、さまざまと、いとおしみ深き、ありさまは、なおもあわれぞ、まさりける。

ほどなく、若君、寝入らせ給えば、よにもうれしく、はや立ち出でんと、思われしが、いやいや、そのまま出ずる、ものならば、夫の保名、不思議をなさせ、給うべし。あらましを、書き置かばやと、硯引き寄せ、文こまごまと、書かれたり。「恥ずかしながら、みずからは、信太の、森に棲む、野干なり。君に命を、助けられ、その報恩を、送らんため、かりそめながら、縁の結び、はや七年を、送る身の、常ならぬ姿をば、幼き者に、見つけられ、もはや君にも、いかで、見見え参らせん（顔を合わせることができるでしょうか）と、思う心を、一筋に、立ち出で申すこと、心かなしと思さん。世のありさまを、人の知らねばと、詠みおきし、言の葉に、まかせ、おしはかり給うべし。かえすがえすも、幼き者、よきに、守《も》り育て、わが畜生の、苦しみを、助けさせたび給え……。

（平凡社・東洋文庫「説経節」から）

マリアを始め、女たちは皆袖を目にあてていた。

疱瘡《ほうそう》

了斎は、語りながら、自分が故郷を後にした当時のことを思い出していた。子との別れは信太妻ならずとも日常茶飯事だった。生き別れ、死に別れ、暮らしに困れば生まれたばかりの子の息の根を止めた。

自分にしても、五歳の頃、疱瘡〈ⅶ〉の高熱で盲《めし》いた。村はずれの小屋へ隔離され、生死をさまよった。看病に当たるのは、疱瘡に罹《かか》ったことがある者に限られる。幸い近くの村に罹病し生還した女人がいた。母はその人を訪ね、看病を頼み込んだ。自分が今日あるのは、全てその人のおかげである。わずかに貯えてあった米麦はそのお礼に消えた。

これは後で聞いた話だが、母は毎朝水垢離《みずごり》〈ⅷ〉をしていたという。奇跡的に命は取り留め、全盲も免れたが、顔にはあばたが残った。

病が癒え、家へ戻ったものの、初めは何をどうすることも出来ない。まずは手探りで自分の家の造りと、その周囲を覚えることから始めた。記憶にあるからそんなに難しいことではなかった。

杖を頼りに外を歩くようになって間もない日、家を出てすぐ、どこかから小石が飛んできた。腰に当たったたものもある。

「家にいろ」「出て来るな」

子供の声だ。その中には幼なじみの聞き覚えのある声もあった。

その様子をたまたま通りかかった女人が見て、走って来た。

「石なら、私にぶつけて。この子には何の罪もない」

その人は了斎のことを知っている人のようだった。その声から、隔離小屋で自分を看病してくれた人だと知れた。了斎はその人の前に出た。

「ぶつけるなら、このおれにもっとぶつけろ」

家の中から母も出て来た。子供らはたちまち走り去った。

たまたま近くに用事があって、と女人は母に言った。母はその人を家に招いた。

「了ちゃんが元気そうで安心しました」了斎は幼名を了吉という。

女人は母と同じくらいの歳だった。疱瘡に罹った時、了吉と同じ歳の息子にも感染した。その時三歳だった子と二人で隔離され、自分は辛うじて助かったが、その子を亡くしていた。

「私のように看病出来る者がいる所は本当に稀で、ほとんどは隔離され、そのままほっておかれることが多いのです。そうした小屋には誰も近づかず、そのまま野ざらしです。私と息子もそうした野ざらし組でしたが、幸い夫が無事で、水や食べ物などを運んでもらいました。私は高熱に苦しみながら、息子の面倒も見たのです。そして私だけ生き延びた。了ちゃんを見た時、この子だけは絶対助けなければと思いました。といっても、私に医術の心得などあるわけもなく、ただおろおろしながら身の回りの世話をしていただけですが。本当にこの子は強い。私が面倒を見た人は、残念ながら皆死んで行きました。助けられたのは了ちゃんだけです」

「先ほどは、かばっていただいて、本当にありがとうございました」

母は涙声で言った。

「実は私も、病み上がりには、村八分のような扱いを受けました。でも、一度罹病した者は二度と罹らないということが次第に周知されて来ると、反対に、頼られるようになり、暮らしの助けになっています。命を救えないことだけが悔しいですが」

他にもつらいことはあったが、自死だけはすまいと了斎は思い続け、生きて来た。そんなことをすれば、自分を慈しんでくれた父母やこの女人に申し分けが立たない。

目が不自由になって、多少不便にはなったが、自分は案外幸せ者なのかもしれぬと了斎は思っている。

村の中をなんとか自由に歩けるようになると、漠然と自分のこれから歩む道を考えるようになった。

光を失った者は、按摩になるか琵琶弾きになるかくらいしか生業の道はなかった。

そして六歳になっていたある日、母に、いつも家に来る盲僧の弟子になりたいと言った。盲僧は勝手に家に入って来て仏壇の前に座り、経をあげ、琵琶に合わせて何事か語る。

「本当にいいのかい。ずっとこのまま家にいていいんだよ」

母は言った。

「僧といっても、あの人たちは本当の僧ではない。お経を唱えられても、葬儀に呼ばれることもない。身なりは坊さんでも、身分は非人」

「いいんだ。ここにいても出来ること何もないし」

母は少し黙った後、続けた。

「そんなことはない。寺に入ったら最初は誰でも下働きさせられる。掃除や料理を覚えてからでも遅くはない」

その日から母は、さっそく掃除の仕方や料理を教え始めた。掃除は掃いて拭くという単純作業だが、料理は火のおこし方から始め、包丁の使い方、米の炊き方、献立、味つけ、火加減など多様な技があり、後片付けまで基本的なことを教わった。

その日、母が盲僧の寺まで送ってくれた。彼の手には、父がアカザで作ってくれた杖があった。アカザは軽く丈夫だった。その背には、十本ほど束ねたものを背負っていた。盲僧たちへの土産だ、と父が背負わせてくれたのだった。

「了吉」

母が寺の門前で声をかけた。

「つらくなったら、いつでも帰っておいで」

「いや、帰らねぇ。一人前になるまでは絶対帰らねぇ」

母は了吉を引き寄せて抱きしめ、熱い涙を流した。

聖母

語りが終わった後の余韻に、一同が身をひととき任せていると、フェルナンデスがつぶやいた。

「琵琶の音色と、この国で天竺と言う、インドで聞いたシタールの音色は、どこか似ている」

いんど？　したーる？　了斎はその楽器を知らないので、何とも答えようがない。

「私の耳には雑音にしか聞こえないのですが、わざと音を濁らせる装置がありました。音階もずれていて奇妙です」

雑音？　濁らせる？　ザビエルも似たようなことを言っていたが、どうやら音の感じ方が自分たちとは違うようだ。

「その装置とは」了斎が問う。

「ジュワリと聞きました」

じゅわり？　琵琶の音色の特徴は、音をびびらせる「さわり」にある。じゅわりとさわり。了斎が使っているのは四弦四柱《しげんしちゅう》の琵琶で、持ち歩くため細身で軽量な作りとなっている。ギターで言うフレットに当たるのが柱で、その柱と柱の間を押さえて弾くと、弦が柱の上面に触れ、震えることでさわりが生じる。特別な装置があるわけではない。

「了斎さん」とフェルナンデス。

「その琵琶をちょっと見せてもらいたいのですが」

了斎が手渡すと、彼は縦にしたり横にしたりして一通り眺めた後、横に寝かせて構え、小指を除く四本の指の先で弦を弾《はじ》いた。それから、柱と柱の間ではなく、柱の真上を押さえてまた弾いた。

「私には、フレットを押さえた音の方がいいように思います」

ふれっと？　柱のことか。

さわりのない単純な音。それは琵琶の音ではないと了斎は思った。それに、柱の上だけ押さえたら、決まった十六の音しか出せない。開放弦の音を加えても音階は二十だけ。それに比べ、柱の間を押さえれば、指先の力加減で無限の音階を生み出せる。柱の上だけ押さえることで音階を増やすには、柱の数を増やすしかない。

「私たちの楽器、リウトは、琵琶とそっくりな形をしています。おそらく元の楽器は同じで、西に行ったものがリウトになり、東に行ったものが琵琶になったと思われます。同じ音程の二本の弦が一組で一コースとして、五コースプラス一弦、七コースプラス一弦の二種類あります。フレットは十二から十六くらい。弦と同じ糸で棹の周りをぐるりと回して止めるとフレットになります。雑音は、出したくても出ません。現物があればすぐにわかることですが、音色は涼やかで、澄んでいます」

了斎は、リウトなる楽器を全く知らないので、涼やかで澄んだ音色と言われても、何とも返す言葉がない。フェルナンデスは了斎に琵琶を戻して言った。

「あなたの語り声も、ジュワリがかかっているようでした。こう言ってはとても失礼ですが、美しいムジカには聞こえません」

むじか？　音曲のことか。とすれば、ムジカとは、濁りと曖昧さのない音曲に他なるまい。

その時、坊主頭の男が言った。

「了斎さんとやら。私たちキリシタンは、集会の前や後、聖歌を歌います。その歌は、とても美しいと私は思いました。申し遅れましたが、私はベルナルドと言います」

「せいか？」

「聖なる歌と書きます。言葉で説明するより、実際に歌った方が話が早いと思います。ここにおられるパアテレ、イルマン、マリア、マテウス、そして自分を交えて歌ってみましょう」

五人はその場で立ち上がり、声を合わせて歌い出した。その歌詞は牛肉を食する前聞いた祈りの言葉に似て、全く意味がわからなかった。

「オーグローリオーザ、ドーミナ、エクセルーサ、スーペル、シーデラ……」

喉を締める、いわゆる蝉声の語りとは全く違い、喉を開け、朗々と大きな声を上げて歌う五人。その中でも、特に力強い声を出していたのがフェルナンデスだった。その細い体のどこから、あのような太い声が出て来るのか。初めて聞く響きだった。拍子も聞いたことのない三拍子……。聞いていた了斎の身の内から、何やらこれまで感じたことのない、解放感のようなものが湧いて来た。こんなことは語りでは体験したことがない。

「これは、何という歌なのですか」

歌い終わり、再び座した五人に了斎が問うと、フェルナンデスが答えた。

「オーグロリオザドミナ、です」

「ぐるり、よざ、ですか」

了斎は自分の耳に聞こえたままそう言った。

「ラテン語という言葉で、光り輝く聖母よ、という曲です」

「せいぼ？」

「聖なる母、と書きます。我らの救い主、ゼスを産んだマリアを讃える歌です」

母を讃える？

「その歌詞の意味は、いったい……」

フェルナンデスが続ける。

「晴れている夜空を見上げると、無数の美しい星たちを見ることが出来るでしょう。その遥か彼方にこの世の救い主の母、マリアがおられます。その清き乳で、尊きお方を育まれました。それが歌詞の意味です」

「あなた方キリシタンは、女人を賛美なさるというのか」

「さようです」

答えたのは、聖母と同じ名の女主人だった。

「この国では、女は不浄とされ、成仏出来ぬとさえ言われています。法師殿に信太妻を所望したのは、ひとえに、この国の女人の有り様を自覚せんがため。憐まれ、蔑まれることはあっても、決して賛美されることのない、この国の母たちに思いを致したかったのでございます。きつい言い方になりますが、法師殿の語りは、慰めにはなっても、救いにはなりません」

確かにその指摘はきつい。なぜなら、自分の語りは人々を楽しませるものであって、救うなどとは思いもよらぬことだったからだ。

了斎はザビエルに尋ねた。

「ザビエル様も、奥様と同じお考えでしょうか」

フェルナンデスがマリアと了斎の言葉を伝えた。ザビエルはフェルナンデスを介して答える。

「この国の女人は、不当に蔑まれています。穢れていて極楽へ行けないと言われていますが、ではその女人から生まれた男は穢れていないのでしょうか。穢れているると言っている女人から生まれたのに、なぜ、一方的に穢れていると非難するのでしょうか。日々の生活、それを女人に頼りながら、なぜ彼女たちを責めるのでしょうか」

了斎は、自分が責められているかのように、ザビエルのひと言ひと言に震えていた。私の語りに大勢の人が耳を傾けてくれた。それで生きて来ることが出来た。人々を笑わせ、泣かせ、怒らせ、日銭を稼いできた。それで私は満足して来た。聴衆の心を慰められれば、それで十分だった。それ以上何も望まなかった。

しかし、この家の女主人は言う。慰められても何も変わらない。救いにはならない、と。私は最底辺の人間であって、自分のことで精一杯だ。人を救うなど、とんでもないことだ。そうであれば、このまま人の前で慰めの物語を語るのは、やめねばなるまい。それで、これからどう生きていくか。

「法師殿」

とマリアが言った。

「先ほどは口が過ぎました。人には時に、慰めも必要です。慰められることで心が救われることもあります」

この二十年近く、己れのして来たことは、いったい何だったのか。この思いは、この女主人には理解出来ないことのようだ。

私から琵琶と語りを取ったら、何も残らない。琵琶と語りに代わるもの。そんなものが私にあるか。

「どうにも、言葉足らずで申し訳ありません」

マリアが続ける。

「琵琶と語りは、一方的に聞くもので、その喜怒哀楽に身を委ねます。それはそれで気持ちのよいものですが、一点、生きる喜びが湧いて来ません」

「生きる喜び?」

救いとは、生きる喜びと言いたいのか。

「そうです。声を出して歌うと、何ですか、元気が出て来ます」

「元気?」

ハイと答えてマリアが笑った。確かに説経節では元気が出ないか。とその時、マリアが立ち上がり、玄関の方へ急ぎ足で向かった。下男下女もそれに続いた。この邸の主が帰って来たようだ。

謀叛の噂

ザビエルとフェルナンデスは、炉の上座から立ち上がった。ベルナルド、マテウス、そして了斎もそれに合わせて立ち上がった。

「お帰りなさいませ」

下男下女の声に包まれるようにして、この邸の主人が入って来た。その後ろには、息子と思われる男が付いて来た。二人は、足を洗い終わるとザビエルとフェルナンデスの横に並んで腰を下ろした。それに合わせるように、一同も腰を下ろした。下女、下男たちはそれぞれの場所に戻った。

「寄合がちょいと長引きまして」

その口調から、この家の主人は確かに武家ではないと了斎は思った。年の頃は五十代か。

「シモンの家督相続のことは話されましたか」

マリアが問うた。

「ああ、それはめでたいと祝ってもらった」

「それはようございました」

その時、息子のシモンが了斎へ語りかけた。年の頃は二十歳前後と思われた。

「牛肉の味はいかがでしたか」

「初めてお目にかかります。琵琶弾きの了斎と申します。生まれてこの方、このようにうまい薬を口にしたことはなく、本当においしゅうございました」

「それはよろしゅうございました。私は口にしてないので、うらやましいです」

座に笑いが起こった。

その時、あの老女が来て告げた。

「夕餉の支度が調いました」

それを受けて、マリアが言った。

「申し遅れましたが、今宵は、明日ここを出られるパアテレ様方を囲む、送別の宴でございます。ささやかではございますが、ごゆるりとお過ごし下さいませ」

「ここを出られるのですか」

マテウスに了斎が問うた。

「先日、パアテレ、イルマンがお屋形様へのお目通りがかない、ここ山口での布教が許され、宿舎として大道寺という廃寺を賜りました。明日、皆でそこへ移るのです。といっても荷物は大したものもなく、身一つで移ればいいだけの話ですが」

下女たちが膳を持って、それぞれの前に据えた。

場違いな思いがいまだ消えず、了斎は落ち着かなかった。

前に置かれた膳から、うまそうな匂いが立ち昇ってくる。おこわのようだ。

「膳の一番手前の左に、山菜おこわがあります。その右に汁、奥の左から、のびるの酢漬け、竹の子と山菜の煮物、そして、フキを牛肉で巻いた焼き物がありまます」

マテウスが了斎の手を取ってそれぞれに触れ、教えてくれる。

そういえば。父は山菜採りの名人であることを思い出した。自分だけの穴場があり、誰にもその場所を教えることはない。季節になると、ワラビやゼンマイ、タラの芽などを山のように採って来た。まだ目が見えていた頃、莚《むしろ》に広げられた完全に乾く前の柔らかいゼンマイを、母と一緒に両手で揉んだことを覚えている。

「了斎さんは、食事はどうされてます」

「宿の台所で自炊です。頼めば賄いもやってもらえますが、その分出費がかかりますので」

「毎日のことだと大変でしょう」

「いや、作るものは大体決まってますし、寺で修行させられましたから、勝手は身についてます。もっとも、こんなご馳走は作ったことがありません」

今だと薄く切ったカブとその菜を塩で揉んだ浅漬けや糠漬け。冬の間干しておいた大根の葉を湯で戻して、ニンジン、油揚げ、蒟蒻を醤油で煮付けたもの。たまの贅沢は、鰯を梅酢で煮たもの。ワタがうまいので、エラを取るだけの手間いらず。生臭物はいけないんだろうけど、たまには滋養のあるものをとって息抜きしてもバチは当たるまい、と母が教えてくれた。よく煮ると頭から尻尾まで骨付きのまま食える。あとは、手間なしの豆腐が多い。

食事の前の祈りが終わった後、箸を取った了斎はマテウスに問うた。

「ザビエル様、フェルナンデス様は箸が使えるのですか」

「大丈夫です。ベルナルドが鹿児島で教えたそうです」

「このご飯大変おいしいです」

珍しく、ザビエルが日本語で言った。

「私たちは、白いご飯がちょっと苦手で」

フェルナンデスが続ける。

「これは、イスパニアの米料理と似た味がします」

「イスパニアでも米を食べるのですか」と了斎。

「今平戸にいるパアテレは、バレンシアという海沿いの町の出で、その南には日本と同じく田んぼがあるそうです。ここにいれば、もっと詳しく話が聞けるのですが……。確か、パエリアという米料理があります」

汁は、ハマグリのすまし。宴に付きものの酒は出ないのかと了斎は思ったが、その気配はなかった。

食事中の静寂がしばらく続いた後、主人、内田トメが箸を置いて口を開いた。

「食べながら聞いて下さい」

「私が聞いてもよろしい話ですか」

了斎が問うた。

「かまいません。寄合で話されたことはむやみに口外しないことが暗黙の掟ですが、皆知ってることですし、パアテレ、イルマンのお命にもかかわることなので、あえてお話しします」

一同は箸を置いた。

「お屋形様への謀叛の噂です。私も含めて、この町の庶民の間では、謀叛は必ず起こるに違いないと思われている。しかし、どうも当のお屋形様ご自身は、そのことをご自覚されてはおられないのではあるまいか、ということです。父祖以来周防、長門、石見、豊前、筑前の守護として支配して来た自信というか、揺るがない思いがある。重臣への信頼も厚く、謀叛のむの字も頭にない。でなければ、根拠なき楽観とでも言うべきか。長いこと静謐を保ってきたこの山口が、京の都のようになるのは何とも避けたいところですが、我々庶民にはどうすることも出来ません」

トメは少し間を置いて言った。

「いずれにしろ、これから田植えの季節を迎えますし、おそらく稲刈りが済むまでは何事もなかろう、というのが寄合の面々の意見でした」

了斎は、気になったことを問うてみた。

「謀叛が、なぜザビエル様、フェルナンデス様の命にかかわるのですか」

「それは、こういうことです」

フェルナンデスが答えた。

「私たちの説教に、一番抵抗しているのが寺社方の人々です。了斎さんも聞いた通り、話を一切聞こうとせず、一方的に私たちを黙らせようとします。まだ高札は出ていませんが、布教許可が公になれば、もっと反感を買うでしょう。もし謀叛が起これば、それに乗じて私たちに襲いかかってくるはずです」

了斎は、トメに向かって言った。

「もし謀叛が起こったら、お二人の身は誰がお守りするのでしょうか」

トメは言う。

「心当たりがないわけではないので、これからその方策を講じるつもりです。山口には城がなく逃げ込む場所がありません。私たち自身の身の振り方も考えておかねばなりませんし」

フェルナンデスはザビエルと目を合わせた。

「たとえ命を狙われても私たちは恐れません。肉体は滅びても、魂は永遠ですから」

ザビエルが言った言葉を、フェルナンデスが噛み締めるように反芻する。

布教許可

食事の後、ザビエルとフェルナンデス。ベルナルド、マテウス、了斎の二組がそれぞれの部屋へ通された。

ザビエルと夜通し語りたいと思っていた了斎は、そのことをフェルナンデスに問うと、「今日は少し疲れているので」と返された。明日からいくらでも話せますからと彼は言った。

部屋にはすでに寝具が敷かれ、灯りがともされていた。

「マテウスから聞いたのですが、了斎さんは、肥前白石の産とか」

そう言ったのはベルナルドだった。

「はい、有明の海に面した白石です」

「私は薩摩の鹿児島の出です。修行中の仏弟子でありましたが、ザビエル様に完膚なきまで論破され、洗礼を受け、ベルナルドという教名を授かりました。以後今日まで、あのお二人と行動を共にしています」

「さようですか。成り行きから推察するに、ザビエル様は島津貴久様と対等にお付き合いなされたようにお見受けしますが」

「はい。それは義隆様に対しても同じです。あのお方には何も恐いものがないのです。デウス、そしてその一人子ゼスを除いては。それと、あのお方は貴族の生まれですから、その誇りもあると思います」

「貴族、と……」

「今はイスパニアに併合されてしまいましたが、バスクという地方の小国、ナバラ王国の宰相を務める家柄です」

「義隆様とはどのようなきっかけでお目通りがかなったのでしょうか」

　彼はマテウスと顔を合わせ、続けた。

「昨年十一月、平戸から京へ向かう途中、ここ山口でパアテレとイルマンが最初の説教を始めました。その時に信者になったのが、内田様ご夫妻と息子さんです」

　ベルナルドの話を受けて、マテウスが言う。

「私はここ山口の出で、同じ頃入信しました」

ベルナルドは続ける。

「布教許可も何もない中、一日二回、めぼしい辻に立ち、説法を続けました。そんなある日、パアテレ、イルマンに近づいて来た一人の武士がいます。年の頃は五十代半ば。ご家中と思われる二人の若侍を従えていました。それがお屋形様の重臣、内藤興盛《ないとうおきもり》様です。布教許可を得ず、子殺しの罪、男色を非難するパアテレを排除しに来たのかと緊張しました。しかし、興盛様は違いました。ぜひ、お屋形様に会ってほしいとおっしゃられたのです。何でもお屋形様ご自身から会ってみたいと言い出されたそうです。国主に直接会う手立てを探っていた時だったので、私たちには渡りに船でした。思うに、初めて聞く南蛮人の噂に興味を持たれたようです。興盛様は、私たちを、一の坂川を挟んで御殿の斜め向かいにある自邸にまず招きました。そしてパアテレ、イルマンに色々とお訊ねになられました。おそらく、直接お二人をお屋形様に会わせるのではなく、事前に下調べをした上で引見させようという心づもりだったのでしょう」

「それで、実際に会見された時のことは、いかがだったのでしょうか。差し支えなければお話をお聞きしたい」

了斎の問いにベルナルドが答える。

「当然のことですが、お屋形様はまずパアテレ、イルマンの素性をお訊ねになりました。興盛様から事前に聞いていたこともあり、パアテレについては、自分とほぼ同年配であり身分も同等ということもあって、親しみを感じたようです。裕福な商家の出であるイルマンともども、そのような身分に安住せず、何千里という道程を命がけでやって来た。その目的は、という話になり、パアテレは『神の掟を、この国の民へ告げ知らせるためにポルトガル王より遣わされました。何となれば、この世を創造なされた唯一の神を礼拝し、全世界の救い主である、ゼス・キリシトを信じる以外に救霊の道はないからです』とお答えになりました。お屋形様は続いて、その教義の説明をお求めになりました。街頭での説法と同じく、書付をパアテレが一ヵ条ずつ読みあげ、それをイルマンが説明していきました。それは十のマンダメントと言われる、戒律です」

「お屋形様はそれをお聞きになり、理解されたのでしょうか」

「いや、そこまではわかりません。が、かなり熱心にお聞きになられていました。時間にしてかれこれ半時以上でしょうか。おだやかな時間が過ぎた後、私たちを帰らせました」

マテウスが続けた。

「お屋形様はもともと武張ったことがあまりお好きではないようで、ことに尼子との戦で養嗣子の晴持様を亡くされてからは、もっぱら文治の方面にお力を注ぎ、交易にも力を入れて来られました。おそらく、朝鮮や明国と同じく、南蛮国との交易のことが頭にあったのかもしれません。内田様がいち早く改宗され、ご自宅を宿舎に提供されたのも、あながち無関係とは思われません」

「先ほど内田様もおっしゃっておられましたが、謀叛の噂とも関係がありそうですね」

了斎が問うと、ベルナルドが答えた。

「武力に重きを置かぬお屋形様に対して、一部の重臣を中心に、反感や不信感が高まっているようです。お屋形様は、国を強くするのは武力ではなく、交易による富により、民の暮らしを豊かにすることにあると思っておられます。それが武断派には生ぬるく感じるようです。このままでは国が滅びるとさえ考えている」

献上品

「京へ向かったのは、何のためですか」

「帝にお目にかかって、京での布教許可と、日本全国での布教許可を得るためです」

「それはどう考えても無理ではないでしょうか。よほど強力な伝があればあるいは可能かもしれませんが。無位無冠の上、ザビエル様、フェルナンデス様は異国人です。会えるわけがない」

「それはわかっていました」とベルナルド。

「私からも、それは無理ですと何度も伝えました。しかし、パアテレは聞きません。行ってみなければわからない。無理かどうかは、自分が決めることではない、と。そもそもあのお方は、ジョアン三世と申される、わが国の帝にあたるポルトガルの王に遣わされたお人です。王とは対等にもの申され、布教への資金援助なども率直にやり取りされて来ました。そのことから、この国の帝とも対等に話し合いがしたい、いや出来るはずと思われたのでしょう。位階がどうのと私も説明しましたが、途中で馬鹿らしくなってやめました。結局十月の末、パアテレ、イルマン、そして私の三人で京を目指し平戸を出ました。お屋形様との会見の後、十二月の半ば、宮島から船で堺に向かいました。この、船での旅は帰りも用いました」

「海賊衆への出費がかかったのではありませんか」

「乗合船だったのでそれほどではなかったのですが、それより、乗り合わせた他の三、四人の客に絡まれ散々侮辱されました。パアテレ、イルマンは日本の冬がいかに厳しいかを想定しておられず、冬用の衣類の用意がありませんでした。ありあわせの衣類をまとっていたのですが、絡んできた客は、それを乞食のようだとか、聞くに堪えない言葉で罵倒しました。

最初のうちは、私やイルマンがポルトガル語に訳していたのですが、聞くに堪えない言葉が連なり、そのうち訳すのをやめました」

「ザビエル様は、自分を嘲笑する日本人を見て、何かおっしゃられたのでしょうか」

「いえ、言葉がわからないせいもあって、ただ静かに受け止めている風でした。パアテレたちは、鹿児島に着く二ヵ月ほど前の海上で激しい嵐に遭い、死ぬ覚悟をしたそうです。そのことを思えば、相乗り客の罵倒など、何ということもなかったのかもしれません。日本人を評価していたパアテレが、その評価を下げられたかどうかは私たちにはわかりません。

むしろその時、瀬戸内海を大きな池のようだとおっしゃって、それが今も耳に残っています。堺から京への道中も寒風に吹き曝され、雪が降る中薄い氷が浮かぶ水たまりを裸足《はだし》で歩いたり、それは厳しいものでした。パアテレは終始無言で、修行僧のようでした。

京に入ったのは、今年の一月半ばです。十日余り滞在し、帝への拝謁を願い出ましたが、やはりお目通りはかないませんでした。ポルトガル王ジョアン三世の遣い、と伝えても、取次ぎの者はその国名は勿論、王の名も知らず、ただ胡乱な者としか思われなかったようです。その時、献上品は平戸にありましたので、平戸に戻り、それらを携えた上で、再び謁見賜りたいと伝えたのですが、断られました。

　京の冬の寒さはことの外厳しく、宿とは名ばかりの吹き曝しの寝床で震え、食事もひどいものでした。打ち続く戦乱で町のあちこちには瓦礫の山。通りを歩けば、子供たちに石を投げつけられる始末。思うに彼らはおそらく戦で親兄弟を亡くした孤児でありましょう。公方様の威勢は衰え、三好長慶《みよしながよし》様が政《まつりごと》を仕切っていましたが、荒れ果てた京の姿に、さすがのパアテレも布教を諦めました。イルマンともども体調をくずされ、今も完全に回復されてはおりません。」

「それで、別室に早々とこもられたのですね」

「帰りはまた堺から乗船し、山口へは寄らず平戸に戻り、献上品を携え改めて山口に入りました。つい先日のことです。興盛様の邸に献上品を預け、私たちは儀式の時にまとう絹の式服を着、大内御殿に向かいました。献上品は別途興盛様の家中の人たちによって、御殿に運ばれていました」

「この時は私もご一緒しました」

　マテウスが言った。ベルナルドが続ける。

「御殿の門前に、興盛様と若侍二人が待ち受けていました。その案内で前回と同じ広間に通された時、お屋形様はすでに上座に座っておられ、その前には献上品が所狭しと並べられていました」

その後、ベルナルドが語ったのは、およそ次のような光景だった。

廊下に近い木の床にザビエルとフェルナンデスが並び、下の廊下にベルナルドとマテウスが並んだ。

「前回は装いを改めず、また献上品もなく、大変ご無礼仕りました」

フェルナンデスが平伏しながら口を開いた。

「そのことなら気にしてはおらぬ。予が呼びつけたことゆえ。これらの品々は帝への献上品であり、それをそのまま予にという話は興盛からすでに聞いておる。初めて見るものばかりで身にあまる。それに、インド総督とゴアの司教からの親善書までいただけると言うではないか」

「さようでございます」

ザビエルがたどたどしく答え、袱紗に包まれた小箱に入った親善書を床の上に差し出した。小姓がそれを義隆の元へ運んだ。

「これらの品について、説明してもらえぬか」

親善書を傍の盆に置き、義隆が身を乗り出した。

フェルナンデスが立ち上がり、指を差しながら、一つ一つ説明していった。

時計、鉄砲、鏡、眼鏡など、それら十三の献上品の中に、平べったい箱のような物があった。螺鈿《らでん》であろうか、表面が美しく飾られている。

義隆が訊ねた。

「その箱の名は何と申したろうか」

「クラヴォ、でございます」

「くらぼぅ?」

「楽器でございます。この箱の中には弦が張られており、この白と黒の大きな歯のようなものを押し下げると、その先に付いている爪が弦を弾《はじ》くようになっています」

フェルナンデスは、床に置かれたクラヴォの前で立て膝になり、右手を使って弾《ひ》き始めた。

「おお、何という美しい音色じゃ。まるで極楽からの響きに聞こえる」

長い旅で弦が弛み、音階は少し狂っていた。弾き終えた時、義隆が聞いた。

「その音曲の名は何と申す」

「オーグロリオザ・ドミナ、です」

「ぐるり、よざ？　もう一度聞かせてくれ」

義隆は上機嫌だった。小ぶりなスイカほどの革袋を二つ小姓に持たせ、ザビエルの前に置かせた。

「褒美じゃ。一つには金、もう一つには銀の粒が入っておる」

フェルナンデスがザビエルに伝えた。彼はすぐ答え、フェルナンデスが日本語で言う。

「恐れながら、この贈物はいただけません。なぜなら、金銀が欲しいためにお屋形様にお目通り願ったわけではないからです」

「なんと。金銀はいらぬ、と。ならば、それに替わるものを示せ。予に恥をかかせるな」

怒りのこもった義隆の言葉を、フェルナンデスがザビエルに伝えると、彼はフェルナンデスを通して答えた。

「されば申し上げます。私たちの願いはただ、ここ山口での布教をお許しいただきたいということと、信者になりたい者がいれば、自由に信者になれることを保証していただきたいということです」

義隆は機嫌を直し、答えた。

「あいわかった。約束しよう。近日中に予の名前で布教許可の触れを出す」

「それは——真でございますか」

フェルナンデスが叫ぶように言った。

「武士に二言はない」

「さすれば殿」と興盛。

「この者たちは今、確たる住まいがなく、当家の御用も務める内田の家に仮住まいしております。これは某《それがし》からのお願いですが、廃寺となっている大道寺をお与えになってはいかがかと……。このような新奇な物を献じたこの者たちへの返礼ともなりましょう」

義隆は興盛に向かって言った。

「良きにはからえ」

シャボン

了斎が毎朝目覚めて最初にするのは、髭と頭髪を剃ることだった。人前に出る仕事なので、身だしなみには一応気を遣っているつもりだ。といっても、着る物は夏用冬用それぞれ予備が一着のみだが。水の入った手水盥《ちょうずだらい》を下女から借り、中庭の隅に置いた。

諸肌《もろはだ》を脱いでまず顔を剃り、次に頭を濡らし、剃刀の刃を当てた。

今でこそ手が勝手に動いてくれるが、最初のうちは傷だらけになった。毎朝大変ですねと人に言われたこともあったが、髷《まげ》の手入れに比べたら別に何ということもない。ただ、何日か剃るのを怠ると面倒なことになる。毎朝というのが肝心なのだ。

剃り始めてすぐ、何者かが走り寄る音がした。

「法師殿、これを使ってみて下さい」

下女の声だ。歳の頃は十代半ばくらいか。そして、了斎の左手に、何やらぬるぬるする固形物を握らせた。

「南蛮渡りのシャボンと申す物でございます。私どもは台所で油物を洗うのに使い、大変重宝しております。昨日、牛肉の脂落としにも使いました。これをうちの旦那様が月代《さかやき》を剃るのに使ったところ、刃の滑りがようございまして、痛みもなく、気持ちがいいと喜んでおります」

「さようですか」

「それを頭に塗って下さい。くれぐれも液が目に入らぬようご用心下さい。入ると痛いです」

了斎は、シャボンを頭にこすりつけてから下女に返し、刃を当てた。

「なるほど、これは気持ちいい」

おそらく大変高価なものであろうと了斎は思った。

「私に使わせるのに、奥様の許しは得たのですか」

「実は、奥様から言われてお持ちしたのです」

下女は続けた。

「ザビエル様、フェルナンデス様は、頭のてっぺんを川太郎（河童のこと）のごとく、丸く剃られておりますが、シャボンで剃る様子を見た旦那様が真似をしたのでございます」

下女はそう言って去り、すぐに、新しい水を入れた手水盥を持って戻って来た。

「これでシャボンを洗い流して下さい」

キリシタンというのは、自分のような下賤な者にも何へだてなく親切にするもののようだ。昨日から牛肉や夕食の相伴に預かり、宿泊までさせてくれたのが、何よりの証であろう。

洗礼

朝食を摂った後、握り飯を受け取った五人は、マリアと下女下男たちの見送りを受けた。

「お手伝いすることがあれば、何なりと申しつけ下さいませ」

というマリアの声に、

「いや、興盛様ご家中の方々が、色々整えて下さったと聞いておりますので、心配ご無用です」

フェルナンデスはそう言って日本式にお辞儀をし、一同を促して歩き出した。

了斎の背には琵琶があったが、心なしかいつもより重い。

ベルナルドとマテウスとの会話の後、寝床に入ったものの、マリアとのやり取りを思い出し、なかなか寝付けなかった。

自分の生業である琵琶と語り。これまで、それが慰めに過ぎず、人々を救うことにはならないなどとは考えもしなかった。琵琶と語りでは元気が出ない。元気、とマリアは言ったが、それこそが生きる喜びであり、救いなのだと彼女は言いたかったのかもしれぬ。

聞いて元気が出る説経節はあるか？

ザビエルたちが言う唯一の創造神を信じるとすれば、神仏のご利益や縁起を語ることはもう出来ることではない。

これからどう生きて行けば良いのか。

ベルナルドやマテウスに連なる一員として、その中へ飛び込むか。

今の自分は、唯一神の存在を確信している。その上で、これからザビエルとフェルナンデスにその先のことを教え導いてもらわなければならぬ。結論はその結果出せば良い。

彼らキリシタンと接して感じたのは、一種の清々しさとでも言うべき感覚、風通しの良さだった。自分のような下賤な者とも対等に向き合ってくれる。マリアは、デウスの前では皆平等と言ったが、そのような考えに触れたのも初めてのことだった。

大道寺は大内御殿の裏手にあった。

「もうじきです」

ベルナルドが言ったその時、了斎は自分に駆け寄る小さな足音を聞いた。

「座頭さん、どうしてこの人たちと一緒にいるの？　もう語りはやめたの？」

その声で、昨日の子供だとわかった。

「その通りじゃ。話せば長くなるのではしょるが、この人たちは、盲目の下賤な琵琶弾きを一人の人間として扱ってくれる。わしは、しばらくこの人たちと一緒にいようと思っている」

子供は歩きながら付いて来る。

「ふうん。何だか、少しがっかりだなぁ。おいら、座頭さんの語りが大好きなんだ。足柄、箱根の先、三保の松原、田子の入海までは覚えたけど、そこから先、どこへ行くのか知りたかったのに……」

「それはありがとうよ。これからは、わしも辻で説教することになるかもしれん。もしそうなったら、それも聞きに来てほしい」

「うん、考えておくよ」

子供はそう言って了斎たちとは反対の方へ走りかけ、立ち止まった。

「大道寺へ行くんでしょ。今、門の前は大変なことになってるよ」

「大変なこととは」

「お屋形様の名前で、町中に高札が出たんだ。それで、大勢の人が押しかけてる」

「私たちに大道寺が与えられたことは、まだ知られていないはず」

ベルナルドが言った。

「おいらは何も知らないよ」

子供はそう言って駆け去った。

「いや、実は昨日、井戸での説法の折、明日からは大道寺にいらっしゃいと私が通知したのです」

フェルナンデスがそう言って、ザビエルにも伝えた。

ザビエルは大きく頷き、フェルナンデスを通して言った。

「急ぎましょう。大勢の人が私たちを待っている。そのことの方が大事です」

そこには子供が言った通り、大勢の男女が集まっていた。

聞こえてくるその声の響き、雰囲気などから、およそ百人から百五十人くらいかと了斎は読んだ。

「本当の神のことが知りたい」

「信者になりたいが、どうすればいい」

大道寺の門前に近づくザビエルたちを囲むように、人々が口々に叫ぶ。

その中に聞き覚えのある声があった。昨日、「お前たちの言うことこそ迷信ではないのか」と、怒鳴っていた男だった。

「あの男が来ていますよ」

了斎はフェルナンデスに耳打ちした。

「話を聞きたいと言ってます」

「それはなによりです。皆さんに、中へ入っていただきましょう」

ザビエルたちの後に続いて、人々が動き出した。

この日を境に、大道寺には連日人々が押し寄せた。もう、辻に出るどころか、休む間もなく、説法はザビエル、フェルナンデスに託された。ベルナルド、マテウス、了斎は、人々の整理誘導にあたった。

毎夕食後寝るまでの間、フェルナンデスについて、「パアテルノステル」、「クレド」、「アヴェマリア」、「サルヴェレジイナ」などのオラティオ（祈禱文）をラテン語と日本語で学んだ。全て口伝えであったが、了斎は数回聞いただけでそのまま口に出して言うことが出来た。

それらの学びが一通り済むと、了斎から疑問点を出し、それに答える段階へ進んだ。たとえば、

「私は、非人という最下層の人間ですが、そういう者でも救われるのですか」

という問いにはこんな答えが返ってきた。

「主なるデウスは、貧しき者、弱き者こそ愛して下さる。主は金銭を求めない。ひたすら主を愛し、隣人を慈しめば、誰でも救われる」

また、

「これらオラティオの中で一番重要なものは何でありましょうか」には、

「それは、パアテルノステル。キリシタンとしての信仰の要です。教えの全てがここにあります」

「パアテルノステルにまさるオラティオはないのですか」には、

「別にありません。これが最上のオラティオです」

ちなみに、パアテルノステルを当時の言葉で表現すると……。

てんにましますわれらが御おや御名《みな》をたつとまれたまへ。御代《みよ》きたりたまへ。てんにをいておぼしめすまゝなるごとく、ちにをいてもあらせたまへ。われらが日々《にちにち》の御やしなひを今日《こんにち》われらにあたへたまへ。われら人にゆるし申ごとく、われらがとがをゆるしたまへ。われらをテンタサン（誘惑）にはなし玉ふ事なかれ。我等をけうあく（兇悪）よりのがしたまへ。アメン。

（長崎版『どちりなきりしたん』〈岩波文庫〉より）

さらに、フェルナンデスからはこう言われた。

「一般の信者は、これを暗誦出来たら洗礼を受けています。しかしあなたには、将来、イルマン、さらにパアテレとして生きる道を選んでほしいので、これ以外の教えや戒律、掟も身につけていただきたい。見極めがついたら、ザビエルが洗礼を授けます」と。

一日の仕舞いの寝床の上で、ベルナルド、マテウスと語り合うことが、了斎の無上の楽しみでもあった。いわば同世代の若者と語り合うなど、これまでほとんどなかったからである。

オラティオを学んでいた時のこと。彼は、ラテン語を日本語に訳したのは誰かと問うた。フェルナンデスかとも思ったが、それは、まだ日本語がこなれていない彼には難しいことのように思われたからである。この問いには、ベルナルドが答えた。

「それは、イルマンと、ヤジロウという鹿児島出身のキリシタンの仕事です。彼は、今から五、六年前人を殺め、たまたま山川に入港していたポルトガル船に乗せてもらい、二人の従者とともにマラッカに逃れました。そこにパアテレ、ザビエル様がおられ、罪から救われたい一心で訪ねました。

その後、ゴアで日本人として初めて洗礼を受け、パウロ・デ・サンタフェという教名を授かりました。彼は言葉に対する能力に優れた人で、同地で神学を学び、ラテン語の翻訳にその才を発揮したそうです」

「六年ほど前、マラッカのポルトガル商人の間で、日本という国が発見されたと話題になっていたようです。当然、パアテレの耳にも入っていたと思われますが、当の日本人が目の前に現われ、それが理性に優れ知的好奇心が旺盛なのに驚き、それまで予定になかった日本行きを決めたとか」

　そう言ったのは、マテウスだ。そういう彼も好奇心の固まりのような人間だ。

ベルナルドが続ける。

「インドでの布教は順調で、一ヵ月で洗礼者の数が一万人を超えた地方もありました。しかし、彼らは私たちの教えを数ある宗教の中の一つとして受け入れたに過ぎず、同時に他の神も拝んでいたりする。要するに何も変わらない。デウスを唯一神として心から信じる者がどれくらいいるかというと、はなはだ心許なかったとパアテレは嘆いていたそうです。

　ヤジロウはそんな時にパアテレの前に現われ、今まで出会ったことのない国民性に触れました。彼のような人間が普通にいる国で布教活動がしたいと決心し、ともにヤジロウの故郷鹿児島に向かったのが二年前のことです」

「いや、聞いていると、ヤジロウ殿は日本人でも稀なお方。彼を基準に考えると間違ってしまうのでは……」了斎はつぶやいた。

「それは、他に日本人がいなかったので（実は二人の従者がいたが）、比べようがなかったせいでしょう。実際に来てみて、その評価はそんなに間違ったものではなかったと感じたようです。何より驚いたのは、文字の読み書きが出来る者が結構いるということでした。高札場の存在がそれを証明しています。もし彼と出会ってなければ、パアテレはおそらく日本に来ることはなく、シナ（当時は明）へ渡っていたかもしれません」

「今宵初めて聞いたそのヤジロウ殿、今はいずこに」

ベルナルドはマテウスと顔を見合わせ、

「それが……どこにいるか誰にもわからないのです」と答えた。

その時、了斎の頭の中でひらめいたのは、敵討《かたきう》ちに見つけられ逃れたか、あるいは殺されたのではないかということだった。そのことを言うと、

「そうかもしれません。が、殺されたら公になるはずなので、逃げたのでしょう。彼は鹿児島で布教を始め、親類縁者は勿論、多数の民を改宗させました。私に改宗の緒《いとぐち》を与えてくれた人でもあります。

九月末、貴久様は彼を城に招き、天竺（インド）やポルトガル人に関する話を

興味深く聞いたそうです。教理についても、そんなに良い教えなら悪魔が困るだろうと言ったとか。家臣に対しては改宗することをその意に任せたと。ことに殿のご母堂様がキリシタンに強い関心を抱き、教えを日本語に訳した書き物が欲しいとおっしゃられたとか。

ある意味、目立ち過ぎたのでしょう。一年後、私たちが鹿児島を離れる時にはまだいて後を託したのですが、いつしか姿が見えなくなり、鹿児島から消えました。八幡《ばはん》（和寇）に身を投じたという噂も聞きましたが……生死のほどもわかりません」

「牛肉をご馳走になった時、最初好意的だった貴久様がある時からよそよそしくなられたと聞きましたが、それは、ヤジロウ殿とも何か関係があるのですか」

「実は、最初彼はデウスを『大日』（全ての命を生み出した仏）と訳し、パアテレもその訳で説法していたのです。真言宗の仏僧たちはそれを聞いて、同じ宗旨だと言って喜んだのでパアテレの方がびっくりし、調べてみると、大日は創造主を意味せず、全く異なったものでしたから、その時点からラテン語のデウスを用いて説き始めたのです。確かにヤジロウは言葉の才に優れていましたが、日本の仏教や文化に関してはあまり詳しくはなかったようです」

「案の定、仏僧たちが反発し、貴久様に訴えた……」

「はい。その結果、デウスの教えに帰依する者は死罪に処すという規定を作らせ、誰も信者になってはならぬと命令しました。私たちはそれで鹿児島を発ちました。もしかすると、それも彼が消えた要因の一つかもしれません」

また了斎は、ザビエルと直接話が出来るように、説法の合間にポルトガル語をフェルナンデスから学び始めた。

何日か後、覚えたばかりの数少ない語彙で、フェルナンデスの助けを借りながら、ザビエルと会話を試みた。以下はそれを日本語に訳したものである（了は了斎、ザはザビエル）。

Como està sua mãe?
了「母上様はご健在ですか」
Minha mãe faleceu quanclo eu tinha 23 anos. E você?
ザ「母は私が二十三歳の時亡くなりました。あなたは？」

Não vejo minha mãe há 10 anos mas ela provavelmente está bem.
了「十年、会っていませんが、たぶん元気です」
Isso é bom.
ザ「それはよかった」
O que Xavier acha de sua mãe agora?
了「ザビエル様が、今、母上様について思っていることは何ですか」
Não posso mais ver minha mãe neste mundo, mas quero ser segurado por Deus por minha mãe.
ザ「この世ではもう会えませんが、いつか神の御許で母に抱かれたいと思っています」

了斎は次の言葉に詰まった。それは単純に語彙不足だったからだが、なぜかこみ上げるもののせいでもあった。
大道寺に移って七日目、了斎はザビエルによって洗礼を受け、ロレンソという教名を授かった。

ぐるりよざ

アジサイの葉が、朝方の雨に濡れて光っている。その前をツバメが低く横切っていった。大道寺の喧噪も一段落つき、ロレンソは久しぶりに辻に立っていた。その背にもう琵琶はない。

聴衆は五十人を超えていたろうか。琵琶で語っていた時とは比べものにならぬ人々が、彼の説教を聞きに来ていた。これもひとえに、国主大内義隆が町中に掲げた高札のおかげといえる。琵琶や語りは聞いても、非人の説教を聞きに来るなど、高札がなければあり得ないことだ。

それまでは、いわば黙認だった辻説法が、今や国主のお墨付きの公認となった。本当は心惹かれていても、表立って説教を聞くのをためらっていた人々が、堰を切ったように押し寄せた。

「さて」

とロレンソは話し始めた。

「私はご覧の通り目が不自由で、皆様方が、どのようなお召し物を身にまとっておられるのか、確とは知ることがかないません。あるいは何か道具を持っている。それは笊《ざる》かもしれないし、籠《かご》かもしれない。履物《はきもの》はわらじか草履《ぞうり》か。私の背には、ついこの間まで琵琶がありました」

「もう一度聞きたいぞ」と声が上がる。

「ありがとうございます。しかし今日は、私があなた方にお聞きしたい。笊や籠、履物、そしてお召し物、それらは果たして、成るように成ったのでありましょうか。ある日突然自然に出来上がったのでしょうか」

「それはない。そんなことは誰にでもわかる。そうなら苦労はない」

聴衆から声が上がる。

「何よりも、私を含め皆様方、父と母という作り手がいなければ、ここにいない」

その通りだ、とまた声が上がる。

「その親もずうっと遡れば、たった一組の夫婦に行き当たる。その夫婦を生みだしたのは誰か」

聴衆が静まる。

「またこの世界。太陽、月、星、そしてこの大地を生みだしたのは誰か。その誰かがいなければ、あなた方や私、そしてこの世界もない」

ロレンソは続ける。

「その、大いなる造り手こそ、真の神、デウスです」

「そのお方は、どこにおられるのです?」と女人の声。

「どのようなお姿をされているのでしょうか」

「デウスは自分が造ったこの世界にはおられません。天の遙か彼方におられ、見ることはかないません」

「見えなくともいるという。その確かな証拠でもあるのか」これは男の声。

「さればあなた方に伺います。先ほど申した道具のたぐい。それらには必ず作り手がいると合点されたはず。その作り手のことはご存知ですか。会ったことはありますか。どこの誰が作ったか知らなくとも、笊や籠は目の前にありますね」

聴衆は息を呑むようにして聞いている。

「作り手が見えるか見えないか、どんな姿をしているかなど、それは大した問題ではありません。たとえ見えなくとも、笊を作った人がどこかにいる、ということの方が大事なのです。私は残念ながらあなた方をはっきり見ることが出来ない。しかし、よく見えなくとも目の前にいることはわかります。見えないものは信じないとしたら、私は生きてはいけない」

聴衆の何人かが笑った。

「ついこの間まで、私は琵琶を弾《ひ》いて命をつないで来ました。その琵琶の音、語りは目に見えない。しかし、見えなくとも、ある」

「一つ問いたいことがある」初老の僧形の男だ。

「デウス、についてはわかり申した。しかして、あなた方が『世の救い主』と称しているゼス・キリシトとやらは、何者なのか」

「昔、ローマというとてつもなく大きな国がありました。その頃人々はデウスへの信仰をないがしろにし、あろうことか、人間を神にしたり、牛を像に仕立てて拝むなど、その素行は目に余った。そこでデウスはマリアと申す一人の処女を懐胎させ、自分の分身として一人の赤子をこの世に産ましめた。今を去ること千五百五十一年前のこと。それがデウスの一人子ゼス・キリシトです。ゼスが説いたのは、デウスが愛するのは、富める者、強き者よりも、貧しき者、病んだ者、傷ついた者たちだということです。パライゾと申す天国に一番近いのは彼らであると。またゼスは行く先々で奇蹟を起こした。病を治し、盲いた者の目を開いた。今ここにいらっしゃったら、私も治してもらいたい」

ロレンソは少し間をおいて続ける。

「しかし、それを快く思わぬ宗教勢力の告発により、捕らえられ、ローマの総督ピラトの手で十字架にかけられた。ゼスは三日目に蘇り、デウスの元へ帰って行った。ゼスは私たちに、迷いを絶つための信仰の手引きや掟、所作を示して下されれた。それを信じ、従い、守り、デウスへの愛、隣人を慈しむ心を持って生きれば、皆必ず、パライゾ、デウスの元へ昇天することがかなう」

「それは、おなごもですか」先ほどの女人だ。

「おなごは成仏出来ぬと言われます。成仏したければ銭を出せ、と」

「デウスの前では男も女もない。信じる者は貴賤を問わず、皆パライゾへ行ける。銭金《ぜにかね》一切いりません」

おおっと聴衆から声が上がる。

「この国では女人は賤しめられていますが、ゼスを産み、育まれたマリアは、聖母として崇められています」

「せいぼ?」

「産んだ母ではなく、聖なる母と書く」

「おなごを崇めるなど、この国ではとんと聞いたことがありませぬ」

「かの国には、マリアを讃える歌もあり、信者の集会では、その締めくくりに歌われる」

「それはいかなる歌でございましょうか」

「法師殿――いや、今は法師ではないか。ぜひ、歌ってみてはくれぬか」

と僧形の男。

「では、歌ってみせよう。語りと違って短いし、難しくないので、あなた方もすぐ覚えられる」

そう言うと、ロレンソは朗々と声を上げて歌い出した。

終わると、声が飛び交う。

「何を言ってるのか、言葉がわからぬ」

「語り物の時と、まるで声が違う。別人のようだ」

　ざわめく場にロレンソが言う。

「この音曲の名は『ぐるりよざ』。ラテン語というかの国の言葉で、『光り輝く聖母よ』と称する。デウスの一人子を産み育てたマリアの乳房を讃える歌じゃ」

「それは真ですか」

「真じゃ」

　ロレンソが言うと、泣き出した女人がいる。

「では、私が一節ずつ歌うので、その通り声を出してみて下さい」

　ロレンソは前にも増して高らかに声を出した。発声法はフェルナンデス直伝だ。

「オーグローリオーザ、ドォミーナー」

　聴衆から声が上がったが、それはバラバラだった。声も小さい。

「もう一回、大きな声で。喉ではなく腹から声を出すように。難しいかもしれませんが、私を真似て」

　声が揃うまで、最初の節を繰り返した。次の節からは、一回で揃った。

「エクセルーサ、スーペル、シーデラ」

「クィテクレーアヴィ、プローヴィデ」

「もう一節です。ラークタアァ、スティサアァ、クロウーベーレー」

自分の後について歌う聴衆の声が、驚くほど大きなものに変わっていた。

「簡単でしょう？　では、次に、私の後について、まずおなご衆が歌って下さい。終わったら次に男衆が歌う。そして最後に、皆で声を合わせて歌う」

いいですか、と言ってロレンソが一節ずつ歌い、女、男という順で歌った。心なしか女人の方が声は大きい。そして最後に皆で声を合わせた。

ロレンソには見えなかったが、歌い終わった聴衆の目は輝いていた。大勢で声を合わせて歌うなど、生まれて初めてのことだったろう。その気持ち良さに酔っていたのだ。中でも女人たちの喜びは格別だった。腹の底から大きな声で歌うことが、こんなにも気持ちを広々とした感じにさせる。新しい世界を知った瞬間だった。

「座頭さん」と駆け寄った者がいる。あの子供だ。

顔が上気していたが、もちろんロレンソは知るよしもない。ただ、その声から、少なからず興奮しているのだけはわかった。

「語りも好きだけど、さっきの歌はもっとすごいよ」

「ありがとうよ」

「これからは、他の辻に立つ時も、この歌を歌ってよ」

「心得た」

子供は素早く駆け去って行った。

明《みん》へ

移った当初の熱狂は去り、大道寺の門前は閑散としていた。残暑九月の西日がジリジリと地面を焼く。ツクツクホウシが鳴いている。

門扉が作る日陰の中に、ザビエル、フェルナンデス、ベルナルド、マテウス、そしてロレンソが立っていた。

彼らはザビエルに呼ばれたトルレスを待っていた。

やがて、ザビエルとフェルナンデスが動き出した。ロレンソたち三人はその場に留まった。

前方に色の浅黒い二人の従僕を従えたトルレスの姿がぼんやりと現れた。従僕二人は大きな荷を背負っている。

ザビエルたち三人はポルトガル語で会話しながら、ロレンソたちに近づいて来た。

汗臭さの中、嗅いだことのない新奇な香りを漂わせたその人が、ロレンソの手を取り、柔らかく握りしめた。そしていきなり彼を抱いた。がっしりと大きなかたまりに包まれたかのようだ。そしてその人は、ロレンソに頬を寄せ、口をつけてちゅっと吸った。

ロレンソは驚いた。物心ついてから人に抱かれたのは、母との別れの時だけだ。

「マテウス。元気でしたか」

トルレスは、まだこなれていない日本語で言い、ロレンソにしたと同じように彼を抱いた。そして、ベルナルドも。

「ロレンソ、あなたのことは、ザビエル、フェルナンデスからの書状で知らされていました。山口で五百人を超える信者を得たのは、ひとえに、あなたの力によるところが大きい。平戸では、いまだ百八十人に留まっている」

「いや、それは私ごときの力ではありません。ひとえにお屋形様が布教許可を出されたおかげ。そして誰あろう布教許可を出させたザビエル様のお力に他なりません」

その時ロレンソには気づいたことがあった。ザビエル、フェルナンデスは革で出来た草履のような物を履き、その足音ははっきり聞こえる。しかし、トルレスからはそのような音は聞こえてこなかった。わらじの音もしない。

もしや——裸足《はだし》で歩いている。

ロレンソは驚いた。平戸からここまで裸足だったのか。

「あなた様は何ゆえ裸足で……」

布教のため山口を歩き回るには、履物が欠かせない。辻で琵琶を弾いていた時もわらじ履きで、予備の物をいくつか腰にぶら下げていた。

「何ゆえと言われるか」

トルレスは、大道寺の周りにたむろしている数人を見渡してから言った。

「ロレンソ」

彼はその手をロレンソの背中に当てて、ゆっくりと歩きを促し、門内に入った。

「話は聞いていると思うが、我らイエズス会は清貧を旨としている。私はただ、律儀にそれを実行しているに過ぎない。さすがにこの国の冬はつらいが、今はもう何ともない。食事も肉や魚は極力避け、粗食を心がけている」

今後のことについて話し合いたい、と言うザビエルの提案で、一同は一室に集まった。戸は開け放たれていたが、熱風が吹き通る。

例によって、ザビエルの発言をフェルナンデスが日本語で言う。初めて会った頃に比べ、少し口調がなめらかになった。

「山口での布教は順調に進んでいます。フェルナンデス、ベルナルド、マテウス、ロレンソの献身的な活動のたまものです。そこで、ここでの活動はあなた方にまかせ、私は明《みん》での布教を目指したい。もし明の皇帝が布教許可を出せば、この国の帝もそれに倣うでしょう。トルレスを平戸から呼んだのは私の穴を埋めるためです。この間、豊後の若き国主、大友義鎮《おおともよししげ》殿（後の大友宗麟）から私宛に書状が届きました。そこには、ポルトガル船がやって来たこと、私に会ってぜひ話がしたいということが書いてありました。それへの返書はすでに出してあります。三日後にはここを発って豊後の府内へ向かいます。この好機を逃がせば、いつ明へ行けるかわかりませんから。それに、ずっと気にかけていたことも解決したいですし……」

ザビエルが言葉を区切った。

「気にかけていたこととは」とロレンソ。

「薩摩には百五十人余りのキリシタンがいますが、そのまま置き去りにした状態です。貴久様が彼らをそのままにしておくとは考えにくい、残念ながら。トルレスが抜けた平戸もそうですが、応援のパアテレ、イルマンをかの地へ送り込まねばならない。ゴアでは、パアテレ、バルタザール・ガーゴが私を待っています。彼と合流してマラッカへ向かい、イルマン二人と一緒に日本へ向かわせます。私はそこに留まり、明へ行く方策を探ります」

「パアテレ」

とベルナルドが言った。

「マテウスと私をぜひ同行させて下さい」

「私からもお願いします」とマテウス。

「ゴアで、私たちはキリシタン国へ行く船を待ちます。この目で、ぜひかの国を見てみたい。エケレジアを巡り、教義をもっと学びたい。そして、バチカンにおられるパパ様（教皇）にお目にかかりたい」

ベルナルドが熱を込めてザビエルに言った。

「わかりました。実は私もそのことをずっと考えていました」とザビエル。

さもありなん、とロレンソは思った。大地が丸いことなどを熱を込めて語ってくれたマテウス。その彼が息を切らすように言う。

「私は、イルマンの故郷、コルドバのメスキータを訪ねてみたいです。とてつもなく大きく、高く、広いエケレジアと聞きました。それと、パアテレの生まれ育ったお城と、巡礼者たちが向かうサンティアゴ・デ・コンポステーラを」

ロレンソは思う。彼ら二人の中には自分など想像も出来ない夢が詰まっている。戦に明け暮れ、明日のことなど見えないこの国のことを思えば、海の向こうのかの国々に憧れるのも無理はないと。

「私は幼い頃、メスキータの中を走り回って、こっぴどく叱られたことがあります」

フェルナンデスが苦笑いしながら言った。

「そこは幼い私にとって、生きながら天国に遊んでいるような場所でした」

「気がかりはもう一つあります」とザビエル。

「長い船旅では何が起こるかわかりません。生きて帰れる保証はないのです。この国に二度と帰って来られないかもしれません。私やトルレス、フェルナンデスは異国で生涯を終えることになりましょう。それでも何も後悔はありません。それは、リスボンを発つ時から予想されたことで、しっかり覚悟は出来ていました。あなたたちには、別れを告げる身内はいるのですか」

「もう、九年前のことになります」とマテウス。

「月山富田城での尼子との戦で父と兄を失い、その後、母も病で亡くなりました」

マテウスは少しの間、黙した。初めて聞く話だ。

「異教徒のまま亡くなった者は地獄におり、救い出すことが出来ない。パアテレからそう教えられた時は、目の前が真っ暗になりました。デウスを知らずに死んだのは彼らのせいではないのにと恨み言の一つも出かかりましたが、それはパアテレでもどうしようもなく、誰も責められない。巡礼のことを思ったのは、そのことで両親や兄の罪が少しでも軽くなるなら、と……」

「私は、もともと出家した身でありますから、現世との縁は切れております」

ベルナルドが言った。

三人とも山口から去ってしまうことに、ロレンソは一抹の寂しさを感じた。しかし、自分にはフェルナンデスという強力な先達がいる。そのことに安堵したのも確かである。これは最近知ったことだが、彼とは同い年だった。声の響きや調子から大体の年齢を当てることが出来るロレンソからすれば、まさかのことだった。ずっと年上と思い込んで露ほども疑っていなかったので、本当に驚いたのだった。

山口での布教が一段落したら故郷へ戻り、両親が元気なうちに改宗させなければとロレンソは思った。マテウスのような思いはしたくなかった。帰れれば、独り立ちした十五の時以来となる。ひょっとしたら、年の離れた妹か弟かに会えるかもしれない。

琵琶と聖歌

夜遅くまでポルトガル語で話し合っている三人の隣室に、ロレンソたち三人が控えていた。天井から蚊帳が吊され、彼らはその中で語り合っていた。

「清貧を律儀に守っている、とトルレス様は言っていましたが、粗食と聞いた割には大柄でかたぶとりですね」

ロレンソはトルレスのどこか陽気な雰囲気を思った。マテウスが言う。

「あのお方は、知っての通り、イスパニアのバレンシアという町の生まれ育ちです。海辺の町で、幼い時から海産物に親しみ、米も食していたそうです」

ロレンソは彼に問うた。

「あなたは、トルレス様に会ったことがあるようだが」

「一度だけですが、平戸までパアテレ、イルマンの書状を届けたことがございます」

「平戸と言えば、領主は松浦様《まつら》」

「さようです。湾を見渡す小山の中腹に、松浦様から仮の宿舎を与えられ、インドから一緒だという二人の下男と暮らしておられました。その時の話ですが、布教のため長い船旅へ出ると、食べる物は限られてきます。なんでも、塩漬けの夕ラをカチカチに干したバカリャウというものが常食だったようです。勿論、水で戻して様々に味を付けて食べるのですが。まずいものではないが、さすがにそればかりだと新鮮な魚が恋しくなる。日本に来て、獲れたての魚介を口にして思わず涙が出るほど感動したそうです。さすがに生では食べませんでしたが。米もあり、この国でなら、何不自由なく生きて行けると思ったとか。平戸では鯨を食べたこともあるそうで、魚にしては獣の肉のようだと大いに気に入り、その味を好まれたそうです。今は勿論、パアテレ、イルマン同様、肉食魚食は控えておられるようです。これは私の感じですが、見た目が漁師の偶像である恵比寿みたいなお方です。一説によると、恵比寿は鯨の化身、とか」

隣室の低い話し声がやんだ。どうやら話し合いが終わったらしい。

マテウスが腰を上げながら言った。

「片付けに行ってまいります」

ロレンソとベルナルドも立ち上がった。

「片付けなら私の従僕がしているので、心配無用」

入って来たのはトルレスだった。蚊帳の裾をまくりあげて、身を入れた。

「ザビエル様たちは……」とベルナルド。

「もう床《とこ》についている。あの二人はとても疲れているようだ。もっと話したいことがあったのだが」

「京でのことはご存じでしょう」

「ああ、想像を絶する寒さだったと」

「ザビエル様はとても頑健な方ですが、それでもあれにはこたえたようで、それがいまだに尾を引いているのです」

トルレスは三人に座るよう促し、自分もゆっくりと床にあぐらをかいた。

「床にじかに座る、寝るという風習にもようやく慣れた。部屋へ上がる時は、必ず足も洗っている」

「パアテレ」とロレンソ。

「先ほどまで、あなた様の噂をしておりました」

「ほほう」

トルレスは目を見開いた。

「私たちはさっきまで、ロレンソ、あなたのことを話していた。なんでも、グロリオザを大勢で歌わせている、とか」

「私が琵琶を捨てようと思ったのは、その歌との出会いからでした」

ロレンソはその時、マリアから言われたことを思い出していた。

——語りは、慰めにはなっても、救いにはならない。

彼はその言葉に悩み、ついに琵琶と語りを捨てた。

「一人二人で歌うのではなく、大勢で声を合わせるなど、生まれて初めてのことでした。それは、声を合わせた人々も同じでしたろう。皆、生きている喜びに目覚めたようでした」

トルレスは言う。

「あの歌は、フェルナンデスの出身地コルドバや、その南のグラナダなど、イスパニア内陸部で歌われている。それがこの国で受け入れられ、高らかに歌われた。

そのことに私も感動している」

彼は続ける。

「あの歌は、平戸や生月島《いきつきじま》、度島《たくしま》でも歌われている。松浦家の重臣、籠手田安昌《こてだやすまさ》様は私が授洗し、ゼロニモという教名を与えた。いずれ息子の安経《やすつね》様も改宗なされるだろう。フェルナンデスが伝えたグロリオザを、籠手田様はその支配地である生月島、度島の信者に歌わせている。その地の夜空はことの外美しく、星たちの燦めきは海にも映り、この世のものとは思えぬほどだ。グロリオザが何の不思議もなく受け入れられたのはそのせいもあると思う」

また、と彼は続ける。

「エケレジアで歌われるのは、あの歌ばかりではない。様々な儀式、式典、葬儀などでも、それに合った歌が歌われる。あなたの話を聞いて、この国の人は、ムジカに親しむ素養が出来ているように思う。先ほども、三人で話し合った中で、将来子供たちを集め、学校を作りたいということが議題になった。そこではラテン語の読み書き、絵を描くこと、体をきたえること、そしてムジカを学ぶ」

「それは何のために」

「日本人の中から、ぜひとも、パアテレ、イルマンを生み出したい。あなたもおわかりのように、我ら異国人はこの国の言葉を身につけるのが大変難しい。私とフェルナンデスはかろうじて話せるが、書くことや読むことは出来ない。あのザビエルでさえ話せない。あなたのような日本人が、自分たちの言葉でデウスを語り、ゼスの教えを説く。そのことが大事なのです」

トルレスはロレンソを凝視して言う。

「話は変わりますが、あなたは琵琶を捨てたと言いましたね」

「はい」

「あなたほどの技量の持ち主が、せっかくの琵琶を捨てるなど、もったいないと私は思っています。たとえば、ゼスの生涯を語り物にして、もう一度辻に立つ気はありませんか」

「それは、デウスやゼスを琵琶で語れということですか」

「その通りです。私は琵琶の響きを雑音だとは思っていない」

ロレンソはしばし沈黙した。

「勿論説教も大事です。あなたは、とりわけ話術に長けている。ある時は説教、またある時は琵琶でゼスの生涯を語る。この二つのことは別のことではないと私は思うのです」

「わかりました。少し考えさせて下さい」

「先ほど学校の話をしましたが、私たちのムジカをこの国で普及させるため、かの国の楽器もまた取り寄せたい。特に、エケレジアでの聖歌は、オルガンという楽器が不可欠です。将来は、この国でも色々な楽器を自前で製作したい。そのための職人も養成したい」

「あなた方のムジカと、私の語り。果たして両立するものでしょうか」

トルレスの言うことは、途方もないことのようにロレンソには思えた。

Adeus!

三日後、ザビエル、ベルナルド、マテウスは、海路、府内の沖ノ浜を目指すことになった。

夜が明けてまだ数時間。大道寺の門前の通りには、三つの人の輪が出来ていた。ザビエル、ベルナルド、マテウス、それぞれを七、八人が囲んでいる。その中には、トルレスとフェルナンデス、内田夫妻がいたが、興盛の姿はなかった。

ロレンソは人の輪から少し離れ、立っていた。

肩をたたく者がある。

「私を覚えておいでてでしょうか」

その声は、確か内田家の老女。

「覚えていますとも」

「内田の賄い婆でございます。お久しゅう」

「お元気そうでなによりです」

「今は了斎さんではなく、ロレンソさんとおっしゃるとか」

「はい、ロレンソと呼んで下さい」

「実は私もキリシタンになったのでございます。今はカタリナと申します」

「おお、それはめでたい」

「パライゾが約束されたので、今は何の憂いもございません。ただ一つ諦めきれないものを除いては」

「それは、私が伺っても良いことですか」

「勿論です。あなたにしか話せません」

カタリナは少し声をひそめた。

「奥様には内緒ですが、あなた様さえよろしければ、琵琶と語りをもう一度、いえ、出来れば何度でも拝聴したいと思っています。その聞く会を私の家で」

「しかし、今は琵琶もないし……」

「琵琶なら私の方でご用意します」

突然の申し出にロレンソは混乱したが、答えはすでにはっきりしていた。

「私は、キリシタンになった時から、その二つを永遠に捨てております。異教徒の音曲はデウスの教えに反しますから」

「婆ちゃん、もう出発するって……」

その声は、あの子供だ。

「与一、こっちおいで」

「座頭さん、婆ちゃんちで語ってほしい」

「これは商家へ嫁いだ娘の子で、与一と言います。娘一家もキリシタンにしたいと思っていますが、こればっかりは……。この子は音曲が大好きで、他のことには一向に興味を示しません」

人々がぞろぞろと動き出した。

「先ほどの件は、なかったことにして下さい。私はキリシタンになって日が浅いものですから……。とんだことをお願いして申し訳ありませんでした」

深々とお辞儀したカタリナにロレンソは言った。

「さあ、ご一緒にまいりましょう。置いて行かれます」

トルレスからも琵琶を持てと言われている。しかし、彼の言葉の意味はまるで違う。救いの道具か慰めの道具か――。

　ロレンソは思う。救うのは琵琶ではない、と。救うのはデウスであり、ゼスだ。救うなどとはおこがましい。私に出来るのはやはり慰めでしかない。「ぐるりよざ」もそうではないか。

　人々の心が安らぎ勇気づけられるならそれでいい。世の中は、慰めすら得られない人の方が大多数だ。今さら琵琶を持って、どちらにするかなど迷うのは意味のないことだ。


　大道寺を出た一行は、義隆へ挨拶して行こうとその御殿へ向かった。大殿小路の先の門前にはいつにも増して警固の侍がいて、取次ぎを申し出る雰囲気ではなかった。

　ザビエルら三人は御殿から一歩踏み出し、一路豊後を目指し街道を歩み始めた。トルレス他見送りの一団も、その後に続いた。

　一同は惣門を右に折れ、一の坂川を右に見ながら進んだ。途中、謀叛の噂の主、陶隆房の邸が川向こうに見えた。

西門前町にさしかかると、どこから聞きつけたのか、大勢の信者と思われる群集が道の両側に立ち並んで、口々に別れを惜しむ言葉を投げかけた。女人たちは皆泣いていた。

ロレンソたちもここで別れることに決めていた。

立ち止まった三人の肩を、トルレスとフェルナンデスがかわるがわる抱いた。大道寺を出てから、三人にかける別れの言葉を考えながら歩いて来たロレンソだが、結局、何も思い浮かばなかった。

そうこうするうち、群集の中の誰かが「ぐるりよざ」を歌い出した。周りの者もそれに唱和し、高い秋空に力強く響いた。その中には、信者ではない者の声も混じっていた。この頃には、あたかも流行り歌のように信者、異教徒、老若男女を問わず市中で口ずさまれていた。

群衆の間を行くザビエルらのぼんやりした後ろ姿に向かって、ロレンソは叫んだ。

「Ａｄｅｕｓ！」

その言葉に、ザビエルが振り向いた気がした。ロレンソは、にじんだ目でその後ろ姿をいつまでも追っていた。
生きて再び会うことはない。これが三人との永久《とわ》の別れとなるのだろう。彼にはその予感しかなかった。

〈了〉

エピローグ

私の手元に一枚のＤＶＤがある。一九八八年十二月二十三日放送の日本テレビ「謎学の旅」を録画したものだ。

一般に、西洋音楽は明治以降日本にもたらされたと考えられているようだが、実は、四百年以上前の戦国時代末期、キリスト教布教のため日本にやって来た宣教師が伝えたものが最初、と出演者の皆川達夫氏は言う。（氏は、中世・ルネサンス期のヨーロッパ音楽研究の大家として知られた人で、惜しくも二〇二〇年四月十九日に亡くなられた。享年九十二歳）

番組では、長崎県生月島の隠れキリシタンが代々口誦で伝えて来た、オラショ（祈りという意味のラテン語、オラティオがなまったもの）のうち、一連の祈りの最後に歌われる歌オラショ「ぐるりよざ」の源流をたどる。

何気なく聞くと、まるで「御詠歌」のようにしか聞こえないそのメロディーの中に、西洋音楽の抑揚を感じ取った皆川氏は、その原曲が必ずあるに違いないと確信し、元歌となる聖歌を探し求める旅に出る。

氏が「ぐるりよざ」と出会ったのは一九七五年。それから原曲にたどり着くまでの経緯を、ご本人の言葉で紹介する。

「ローマのヴァティカン図書館を重点的に何回にもわたって調査をしたが収穫なく、やっと七年目の一九八二年（昭和五七年）十月に、スペインのマドリード国立図書館で、それらしい十六世紀聖歌集の書名をカードで見つけ出すことが出来た。請求した本を司書から渡されたその瞬間、これに相違ないと直感した。ふるえる手で一頁、一頁、開いてゆく……。

まぎれもなく生月島の歌オラショ《ぐるりよざ》の原曲となったラテン語聖歌《オー・グロリオザ・ドミナ　O gloriosa Domina》、夢にまで見たそのマリア讃歌の楽譜が記されていたのである。

それは、現在なお世界中に流布している標準的な聖歌ではなく、十六世紀のイベリア半島だけで歌われていた特殊なローカル聖歌であった。それがこの地域出身の宣教師によってほぼ四百年前に日本の離れ小島にもたらされ、きびしい弾圧下のキリシタンたちによって命をかけて歌い継がれ、今日にいたったのである。この厳粛な事実を知ったわたくしは言いしれぬ感動にとらえられて、スペインの図書館の一室でたちすくんでしまった」（『洋楽渡来考　キリシタン音楽の栄光と挫折』二〇〇四年・日本キリスト教団出版局）。

この聖歌は、スペインのグラナダ周辺で歌われていたらしいのだが、今では現地でも忘れ去られているという。

それが、一九八八年当時（今も）の日本で、歌詞（ラテン語）もメロディーも変形してしまっているとはいえ、そのまま受け継がれていた。禁教時代の苛酷な弾圧をくぐり抜け、今に伝えられているその事実に圧倒される。

番組では、その原曲が復元され、男声・女声の美しい歌声として響いた。「ぐるりよざ」との対比も映像化されている。

一五四九年八月十五日（天文十八年七月二十二日）、鹿児島に上陸したフランシスコ・ザビエルは、日本にキリスト教を伝えた人物としてその名が知られている。彼には、コスメ・デ・トルレスとその二人の従者、ジョアン・フェルナンデス、パウロ・デ・サンタフェ（日本人最初のキリスト教徒。ヤジロウ）と彼の二人の従者が帯同していた。

出身地は、ザビエルがバスク、トルレスがバレンシア、フェルナンデスはコルドバだ。このうち、グラナダに接するコルドバ出身のフェルナンデスこそ、「ぐるりよざ」を日本に伝えた本人ではないか、と私は推定した。というのも、彼らの後、日本に来た宣教師たちの中で、グラナダ地方、およびその近隣の出身者が、彼以外見出せなかったからだ。もとより、私個人が当たれる資料の範囲は限定的であり、実は他にも該当者がいるのかも知れないが……。

少なくとも、ルイス・フロイス「日本史」（中央公論社・全十二巻）では「ぐるりよざ」には一切触れられていないし、キリシタン史研究で知られる海老沢有道氏の「洋楽演劇事始」にも「ぐるりよざ」の記述はない。

そもそも、禁教時代に、キリスト教に係わる音楽は、楽譜はもとより楽器やその製作に使われた道具を含め、皆破壊され、焼却されて跡形もなく、歴史上から抹殺されてしまった。なかったことにされたのだ。西洋音楽は明治以降日本にもたらされた、と思われても不思議はない。

「日本史」を読むと、フロイスは、もともと音楽にはあまり興味がなく、関心も薄かったように感じてしまう。当時のイエズス会は布教優先で、音楽は添え物であり重要視されていなかったという事情が裏にあったようだ。あれだけ微に入り細を穿つ文筆家が、なぜか音楽には素っ気ないのは、個人の趣味、性向というよりそうした背景から来ているのだろう。

一五九〇年五月七日（天正十八年四月四日）、イエズス会日本副管区長ガスパル・コエリュ師が亡くなった。『日本史』では二日後の埋葬の様子が延々と描かれる。葬列については、一番目から九番目まで、そのメンバーの構成を名入りで事細かく書いている。自ら「冗漫」と反省するほどだ。しかし、ペドゥロ・ゴーメス師が聖歌を歌う場面では、単に「歌ミサを捧げ」とあるだけで、曲名も何も書いていない。日本語でたった六文字。

一五九一年三月三日（天正十九年一月八日）。よく知られている遣欧少年使節の四人が、秀吉の前で西洋音楽を披露する場面では、楽器名は出て来るものの、誰がどの楽器を弾いたのか、その曲名は何か、いっさい触れられていない。皆川氏は、当時ヨーロッパの王侯貴族の前で盛んに演奏されていた楽曲の中から、これではないかという曲、「皇帝の歌（千々の悲しみ）」を示されているが、これもあくまで推測に過ぎない。

さて、登場人物のその後だが、大内義隆やザビエルらについては歴史書に詳しいので、ここではベルナルドとマテウス、そしてロレンソについてのみ触れることにする。ザビエルがゴアから去った後、ベルナルドとマテウスの二人は聖パウロ学院で学ぶことになるが、マテウスは熱病に倒れ、一五五二年に亡くなってしまう。彼を看取ったのがその十一年後日本にやって来るルイス・フロイスだ。

ベルナルドはヨーロッパに向かい、一五五三年にリスボンに到着、そして一五五五年一月五日か六日頃にローマにたどり着く。教皇に面会出来たかどうかは不明だ。その後一五五七年、コインブラで病勢つのり、二月に死去する。あの天正少年使節の四人に先立つことおよそ三十年前、日本人で最初にヨーロッパを訪れたのが彼だった。現在、コインブラ大学近くの「新カテドラル」に日本人ベルナルドと伝えられる像が残っている。

本書の主人公ロレンソは、一五六三年、正式にイエズス会に入会、修道士（イルマン）となる。翌年、大和国沢城主高山友照を改宗させる（洗礼名ダリオ）と、同時に嫡子右近（ジュスト）を含む一族がキリシタンとなった。また織田信長、木下姓時代からの秀吉とも深く交わった。信長の統治（中央集権）や軍団編成（兵農分離）、城における天守閣の発想、天皇の前での馬揃え（軍事パレード）、提灯、松明《たいまつ》による安土城のライトアップ、後に秀吉が受け継いだ明への侵攻など、ヨーロッパの事情を知るロレンソを通じて啓示を受け、実践されたとも考えられる。秀吉による迫害時代を生き抜き、一五九二年二月長崎で逝去。その死を看取ったのは、あの与一ではないかと私は思ったが、まったく根拠はない。

【註一覧】

〈i〉高札場（こうさつば）＝高札とは、古代から明治初期にかけて行われた法令（一般法、基本法）を板面に記して往来などに掲示し民衆に周知させる方法。高札を掲示する施設が高札場。

〈ii〉説経節（せっきょうぶし）＝中世末から近世にかけて行われた語り物芸能の一つ。仏教の説教が平俗化し、節をつけて音楽的に語られるようになったもの。

〈iii〉小栗判官（おぐりはんがん）＝説経節の代表的作品。鞍馬寺の毘沙門天の申し子である小栗が武蔵相模の郡代の娘照手姫（てるてひめ）の元へ強引に婿入りし、その父兄に殺されたのち、閻魔大王の計らいで蘇り、姫と再会し、一門に復讐するという話。

〈iv〉リウト＝リュートのこと。中世からバロック後期にかけて用いられた撥弦楽器。形状は日本の琵琶に似ている。

〈v〉ビウエラ＝ルネサンス期のイベリア半島で用いられた、ギターに似た形状の撥弦楽器。

〈vi〉童子（どうじ）＝童子丸。後の陰陽師、安倍晴明。

〈vii〉疱瘡（ほうそう）＝天然痘のこと。痘瘡とも。ウイルスによる感染症で、強い伝播力と高い死亡率で古来恐れられてきた。命を取り留めても顔や身体に痘痕（あばた）状の痕跡が残る。

〈viii〉水垢離（みずごり）＝冷水を素肌に浴び、身を清める行為。願掛けにも行われた。

著者プロフィール

神 武夫（じん たけお）

1949年福島県石城郡好間村（現いわき市好間町）生まれ。

1973年福島大学教育学部卒業。

1975年から1980年にかけて、雑誌「子どもの館」(福音館書店)に、断続的に作品を発表。1987年５月、その中から３篇と書き下ろし１篇を収めた短編集『川へ』(批評社)を上梓。

ぐるりよざ 戦国の聖歌

2024年４月15日　初版第１刷発行

著　者　神　武夫
発行者　瓜谷 綱延
発行所　株式会社文芸社
〒160-0022 東京都新宿区新宿1－10－1
電話 03-5369-3060（代表）
03-5369-2299（販売）

印刷所　株式会社平河工業社

ISBN978-4-286-24990-2